DAQUILO QUE EU SEI
TANCREDO E A TRANSIÇÃO DEMOCRÁTICA

FERNANDO LYRA

ILUMI**N**URAS

Copyrigth © *2009*
Fernando Lyra

Copyrigth © *desta edição*
Editora Iluminuras Ltda.

Capa:
Sidney Rocha
Fotos da capa:
Fernando Lyra com o então governador Tancredo Neves,
almoçando no Hotel Nacional (1983)
Foto da orelha:
Fernando Lyra (2007)
(ambas do arquivo pessoal do autor)

Coordenação editorial e projeto gráfico:
Sidney Rocha

Revisão:
Antônio Portela

Agradecimentos especiais à fotógrafa Paula Simas
por boa parte da pesquisa iconográfica

CIP-BRASIL. CATALOGAÇÃO-NA-FONTE
(Sindicato Nacional dos Editores de livros, RJ)

L998d

Lyra, Fernando, 1938-
    Daquilo que eu sei : Tancredo e a transição democrática / Fernando Lyra ;
[1.reimp.] São Paulo : Iluminuras, 2009.
    il., retrs.
Inclui índice onomástico
ISBN 978-85-7321-299-0
1. Neves, Tancredo, 1910-1985. 2. Brasil - Política e governo - 1964-1985.
I. Título.

    08-5480.
    CDD: 981.063
    CDU: 94(81)"1964/1985"

15.12.08 19.12.08 010254

2009
EDITORA ILUMINURAS LTDA.
Rua Inácio Pereira da Rocha, 389 - 05432-011 - São Paulo - SP - Brasil
Tel: (11) 3031-6161 / Fax: (11) 3031.4989
iluminur@iluminuras.com.br
www.iluminuras.com.br

Tancredo Neves e Fernando Lyra.

*Nas páginas anteriores,
o ministro Fernando Lyra,
no automóvel,
com Tancredo Neves,
em Brasília. E com o ministro Almir
Pazzianoto, em foto onde aparece,
em segundo plano,
Luiz Inácio Lula da Silva.*

Sumário

Tancredo e a transição, POR MAURO SANTAYANA, 15
A nova Justiça, POR JOSÉ PAULO CAVALCANTI FILHO, 29
A política como intuição, POR JOAQUIM FALCÃO, 35
Confiança e competência, POR LUCIANA PIMENTEL, 39
O dito & o feito, POR MARCELLO CERQUEIRA, 41
Fernando: um militante, POR CRISTOVAM BUARQUE, 45

ABERTURA, 61
O GENERAL SORRIU PRA MIM, 67
COMO LANCEI (SEM SABER) UM CANDIDATO INTEGRALISTA, 68
EM APOIO DE JÂNIO QUADROS, CONTRA A VONTADE, 69
CARLOS LACERDA E A FRENTE AMPLA, 70
O PRESIDENTE DA CÂMARA SE ENGANOU DE GENERAL, 71
FUI REALISTA: SONHEI O IMPOSSÍVEL, 73
PARA QUEBRAR O REGIME, 74
A CÂMARA ERA O NOSSO "QUARTEL-GENERAL", 76
COMO CRIAMOS A ANTICANDIDATURA, 81
ULYSSES DESCUMPRE ACORDO E LEGITIMA GEISEL, 83
ELEIÇÃO DE 1974 CONSOLIDA FORÇA DA OPOSIÇÃO, 85
RECOMEÇAM AS CASSAÇÕES, BOMBAS EXPLODEM, 86
QUANDO MUDAR QUER DIZER FICAR DO MESMO JEITO, 88
QUANDO PERDER EQUIVALE A VENCER, 90
O REGIME SE APROXIMA DO FIM, MAS RESISTE, 93

COMO DECIDIMOS VOLTAR AO COLÉGIO, 94

POR QUE ESCOLHI TANCREDO, 96

ULYSSES NUNCA FOI MINHA OPÇÃO, 98

POR QUE AS DIRETAS NÃO FORAM APROVADAS, 101

O LANÇAMENTO DA CANDIDATURA REPERCUTE, 148

TRABALHAMOS PARA RACHAR (AINDA MAIS) O PDS, 163

DUAS "RAPOSAS" SE ENCONTRAM, 164

DESFIZEMOS UMA CONSPIRAÇÃO, 165

A REUNIÃO SECRETA QUE TIVE COM MARCHEZAN, 171

COM QUEM ESTÁ FERNANDO HENRIQUE?, 172

POR QUE O GOLPE MILITAR FRACASSOU, 173

OS QUE AJUDARAM (E OS QUE RESISTIRAM) À TRANSIÇÃO, 174

UM LONGO ENTENDIMENTO POLÍTICO, 176

A ANGÚSTIA TOMA CONTA DE NÓS, 178

O COMANDO TROCOU DE MÃOS, 181

NUNCA PENSEI QUE SERIA MINISTRO, 184

ULYSSES PREFERIU VIOLAR A CONSTITUIÇÃO, 186

JE VOUS SALUE, SARNEY!, 190

DE COMO NÃO FUI CANDIDATO A GOVERNADOR, 209

DE COMO QUASE FUI VICE-PRESIDENTE DA REPÚBLICA, 216

"DEVO ME AFASTAR DE TUDO ISSO", 221

FALTA CUMPRIR O SOCIAL, 224

A ÚNICA MOEDA QUE JUSTIFICA A VIDA, 227

O QUE FALTA FAZER PARA COMPLETAR-SE A TRANSIÇÃO DEMOCRÁTICA, 295

VIVER O DIA DE HOJE, 295

Índice onomástico, 299

Tancredo e a transição

A transição pacífica do regime militar para o poder civil foi tarefa de todos os brasileiros, mesmo daqueles que a combateram. Em processos históricos semelhantes, trabalha a dialética: no ir-e-vir dos personagens envolvidos, nos erros e acertos, na ação e na resistência. Como sempre, os projetos não se cumprem da forma que são concebidos. Há sempre certa frustração dos que os iniciam, e há sempre, dos vencidos, insuperáveis ressentimentos. No caso, para favorecer as coisas, havia, generalizada, a sensação de que se exaurira o processo. À direita, ou seja, entre alguns dos ocupantes do governo, militava a idéia de que o sistema, para sobreviver, deveria endurecer-se ainda mais. Isso explica o recrudescer da repressão policial nos primeiros meses do governo Geisel, com o assassinato de dirigentes comunistas, a morte do jornalista Vladimir Herzog e a do operário católico Manuel Fiel Filho nas masmorras do DOI-Codi, em São Paulo, e a tentativa de *putsch* do ministro Sílvio Frota, habilmente esvaziada pela ação política do general-presidente.

Durante a chamada transição, lenta e gradual, de Geisel, faltava o contraponto civil. Os políticos que serviam ao poder militar, reunidos na chamada Arena, não podiam constituir o outro lado do processo, uma vez que se encontravam moralmente comprometidos com a ditadura. Eram dela os principais beneficiários, exercendo, nos limites impostos pelos militares, a delegação do poder ditatorial em seus Estados. Mesmo aqueles que estavam convencidos de que era necessária a restauração dos ritos

constitucionais se encontravam inibidos. É nesse impasse que se identifica a personalidade necessária para a articulação do processo: Tancredo Neves.

Tancredo fora uma das principais vítimas do golpe militar de 1964. Ele era, naqueles meses de deterioração do governo de João Goulart, um homem de centro, em sua expressão mais rigorosa. Sua formação acompanhara os anos críticos da República. Vivera a adolescência durante os mandatos de Artur Bernardes e de Washington Luís, que se confrontaram a rebeliões militares chefiadas pelos tenentes. De certa forma, mesmo que elas se identificassem como de esquerda, essas insurreições correspondiam a uma inquietação das Forças Armadas, que se sentiam frustradas pelo que consideravam ser os desacertos da República chefiada pelos civis. O confronto entre os dois grupos se revelara, entre outros episódios, na disputa eleitoral entre o general Hermes da Fonseca e o advogado Rui Barbosa. A República se encontrava, então, sob o controle informal de um híbrido, para usar-se a expressão que se vulgarizaria no regime de 1964: o general e senador Pinheiro Machado. A morte de Pinheiro Machado, coincidindo com a presidência do mineiro Wenceslau Braz, trouxera uma espécie de vazio, que os dois lados buscavam ocupar. A eleição de Bernardes, para o quatriênio 1922-26, visava a consolidar o poder dos civis sobre a República; daí a reação dos tenentes de Copacabana, em julho daquele ano – antes mesmo da posse de Bernardes – e as rebeliões que se seguiriam, em 1924, em São Paulo, e com a Coluna Prestes, logo em seguida.

Por uma astúcia histórica, ponderável parcela dos mesmos tenentes que se haviam rebelado contra o poder civil aderiu ao movimento da Aliança Liberal, em 1930, e ajudou a formar o governo provisório de Getúlio Vargas. Tancredo, que nascera em uma das

cidades mais politizadas do Brasil, em São João del-Rei, construíra sua visão do mundo naqueles anos inquietos. Em 1930 se encontrava em Belo Horizonte, estudando Direito. Era muito jovem ainda para participar do movimento, mas, como a maioria dos estudantes mineiros daquele tempo, simpatizara-se com a Revolução. Tratava-se, de qualquer forma, de uma causa montanhesa.

Dois anos depois, ao receber seu grau, Tancredo seria nomeado por Olegário Maciel promotor público em sua cidade. É nesse momento que faz a sua opção pela carreira política. Eleito vereador em 1935, sendo o mais votado, exercerá a chefia do poder executivo municipal até o golpe do Estado Novo, em 1937. Com a redemocratização e a Constituição de 1946, disputa, no ano seguinte, uma cadeira na nova Assembléia Legislativa de Minas e se elege pelo PSD. Sua inteligência política, seus conhecimentos jurídicos e sua habilidade fazem dele o relator da Constituição Mineira e, promulgado o diploma, conduzem-no à liderança da oposição ao governador Milton Campos.

Deputado federal em seguida, Tancredo se credencia junto a Getúlio – que retornara à presidência em 1951 – em episódio pouco conhecido. A atual Baixada Fluminense era uma área cedida pelo governo federal a pequenos agricultores, que abasteciam a cidade do Rio de Janeiro. Especuladores queriam (e, mais tarde, conseguiram) dividir as chácaras em lotes, a fim de urbanizar a região, e um projeto de lei foi aprovado pela Câmara. Getúlio vetou a iniciativa. Gustavo Capanema era o líder da maioria, mas não quis assumir o ônus da empreitada difícil. Delegou-a a Tancredo, um de seus vice-líderes. Tancredo conseguiu manter o veto. Foi então que Vargas o convocou, a fim de substituir outro mineiro, Francisco Negrão de Lima, no Ministério da Justiça. É conhecida a atuação de Tancredo, naquelas horas dra-

máticas em que Vargas foi acossado pelos seus inimigos. Foi o mais corajoso dos ministros e aconselhou sempre a resistência contra os golpistas. Certas circunstâncias, além das conhecidas, levaram Getúlio a recuar para evitar a guerra civil e ao sacrifício extremo, na manhã de 24 de agosto de 1954.

Faltando-lhe o decidido apoio de Juscelino e enfrentando a oposição de José Maria de Alkimin, Tancredo viu frustrada a sua candidatura ao governo de Minas em 1960. Mas, em agosto de 1961, com a renúncia de Jânio, coube-lhe a difícil tarefa de negociar uma saída política para a crise, com a adoção da emenda parlamentarista. Aprovada sob o atropelo das circunstâncias, a Emenda Constitucional nº 4 era inviável. Feito primeiro-ministro, Tancredo, graças à sua habilidade, conseguiu "coabitar" com Jango, até que se viu forçado a renunciar, a fim de disputar a reeleição para a Câmara dos Deputados. Um dos mais grosseiros aleijões da emenda parlamentarista era a permanência do instituto da desincompatibilização dos ministros para a disputa eleitoral. Um dos pressupostos básicos do parlamentarismo é o direito de reeleição dos ministros sem afastarem-se do governo.

Com a ausência de Tancredo, os partidários do presidencialismo, com o apoio dos chefes militares, conseguiram derrubar o regime, mas, em conseqüência, levaram à crise de 1963/64. Não há dúvida de que, se mantido o sistema, mesmo confuso como era, seria possível melhorá-lo, evitando-se o desfecho de abril de 1964. Mas as ambições pessoais dos candidatos à presidência da República em 1965 – entre eles o próprio Juscelino – fizeram malograr a experiência. Disso resultariam os 21 anos de arbítrio.

Tancredo manteve-se, neste período, coerente com suas convicções democráticas. Na farsa da eleição, pelo Congresso, do general Castelo Branco para a Presidência da República, Tancredo

foi o único parlamentar do PSD a dizer "não" durante a votação nominal. Já, dias antes, quando o senador Auro de Moura Andrade declarou vaga a Presidência da República, reagira com virilidade, avançando contra o então presidente do Congresso, com os punhos cerrados e vigoroso palavrão, tendo de ser contido pelos seus pares.

Alistando-se no partido da oposição, Tancredo conseguiu, a duras penas, reeleger-se deputado federal até 1978, quando se elegeu senador. Desde 1974, quando retornei do exílio, participei então de sua vida política, na construção do projeto de restauração do poder civil que ele liderou, sem que essa liderança fosse exposta, nem proclamada. Foram articulações difíceis, porque Tancredo, sendo moderado, era muito mais perigoso para os partidários da "linha dura". O projeto tinha, como primeiro passo, a conquista do governo de Minas, mas o governo Geisel frustrou essa possibilidade com o Pacote de Abril. Restava-lhe a disputa do Senado. Foi esta, segundo ele mesmo me disse mais de uma vez, a eleição mais difícil de sua vida. Sem recursos financeiros para a campanha – não dispúnhamos nem mesmo de um veículo – tivemos que nos desdobrar. Sempre relembro um dia em que fomos fazer uma dessas necessárias visitas a certo chefe político, em Belo Horizonte. O parlamentar morava ao fim de uma ladeira íngreme, e o táxi (um fusquinha de pouca potência, daqueles dos quais se retirava o banco de carona) não conseguiu vencer a subida. Descemos no meio da encosta. Era o sol do meio-dia, que castigava a calvície de Tancredo. De repente cruzaram-se, ao nosso lado, duas Kombis, cada uma delas com alto-falantes, fazendo a propaganda dos adversários na corrida para o Senado: Fagundes Netto, pela Arena Um, e Israel Pinheiro Filho, pela Arena Dois. Tancredo, com um gesto que lhe era característico, aper-

tou-me o braço, respirou fundo e disse: "É, *seu* Mauro, se não fôssemos machos, estava na hora de desistir".

Com a vitória para o Senado, intensificaram-se os seus contatos políticos. No início do mandato, eu tive a oportunidade de transferir-me para a Espanha, como correspondente da *Folha de S. Paulo*. Quando lhe falei da hipótese, ele me disse que era muito boa a possibilidade. Ela nos permitiria ver como ocorrera e como ainda estava ocorrendo a transição de um regime ditatorial, como fora o franquismo, para a democracia. E me recomendou que examinasse bem o problema da segurança do Estado: como estavam reeducando os órgãos repressivos para a nova situação. Ao voltar de Madri, dois anos e alguns meses depois, fomos conversar, em São Paulo. Ele morreu de rir, quando lhe disse o que me dissera um chefe militar democrático – e membro dos novos serviços de informação do governo espanhol: *que se les quite la plata*. Basta cortar-lhes as verbas secretas de custeio. Com isso, ficam inoperantes durante algum tempo, enquanto se organizam, com pessoas de confiança, novos quadros. Depois basta demitir os antigos, ou, se for o caso, devolvê-los às fileiras e às inócuas repartições administrativas.

Recordo-me do primeiro encontro que tivemos, quando regressei do exílio. Era o início de 1974. Em certo entardecer, eu estava com alguns companheiros de jornal ao lado da redação do Estado de Minas, em Belo Horizonte, em mesa de calçada do bar. De repente vi passarem, na calçada de frente, dois homens, que identifiquei como sendo Tancredo e Jorge Ferraz. Como havia muito tempo que não os via, perguntei a um de meus colegas se eu estava certo. Ao receber a confirmação, perguntei por que ninguém se levantara para cumprimentá-los, como era de nosso costume em Minas. Olharam, constrangidos, para o lado. Perce-

bi, então, que os veteranos homens públicos, pelo fato de se encontrarem na oposição, estavam em quarentena. Pedi licença e apressei meu passo, a fim de alcançá-los. Tancredo e Jorge ficaram surpresos. Tancredo disse que soubera de meu regresso, perguntou pela família – ele sempre foi nisso um homem muito educado e elegante – e convidou-me a acompanhá-los até o hotel em que se encontrava hospedado – ali mesmo na esquina.

Perguntou a minha opinião sobre a situação brasileira. Eu lhe disse o que ele mesmo pensava, e ele, com sua generosa atenção, fingiu que estava ouvindo alguma coisa de surpreendente e nova. Enfim, eu lhe dizia que não via saída para a crise que não fosse uma saída política, esgotadas que se encontravam as ilusórias esperanças da luta armada. Informei-lhe que essa era a posição dos comunistas com os quais eu convivera no exílio, e que, desde os primeiros meses de 1964, mantinham essa posição – salvo as dissidências conhecidas. A partir de então começamos a manter contatos, até que, em 1976, passei a dispor de um espaço na *Folha de S. Paulo*, situação que deixaria para empenhar-me na sua campanha para o governo de Minas, em 1982.

Ao eleger-se governador, Tancredo passou a contar com um efetivo instrumento de poder. Seus encontros políticos foram favorecidos pelo cargo que ocupava. Já não necessitávamos da discrição para as conversas com setores da oposição e do governo. Logo no início de seu mandato, em abril de 1983, Tancredo e Brizola estiveram em São Paulo, e eu o acompanhei nessa visita. Depois de gravar um programa de televisão, encontramo-nos com Brizola no Palácio dos Bandeirantes, para um almoço a convite de Franco Montoro. Foi um dia marcante, porque os professores estaduais fizeram uma marcha ao Palácio, pressionando por melhores vencimentos. Investiram contra o alambrado lateral do

Palácio e tiveram que ser rechaçados pelos policiais militares. Tudo isso ocorria enquanto, na sala de jantar íntima do Palácio, estávamos reunidos para o almoço. Achavam-se à mesa, além de Montoro, dona Lucy e dois de seus filhos, o secretário de Planejamento José Serra, Brizola, Tancredo e eu, que, por deferência do governador, havia sido também convidado.

Senti que Montoro, como era natural, estava muito preocupado com o que ocorria lá fora. Atrevi-me, então, a sugerir um gesto de solidariedade para com o governador de São Paulo. Minhas relações com Tancredo e com Brizola – de quem eu fora companheiro do ativo exílio em Montevidéu – permitiam-me fazer o que fiz. Ponderei que aquilo que estava ocorrendo contra Montoro ocorreria, em seguida, com todos os governadores recentemente eleitos. Sendo assim, seria prudente que emitissem uma nota, falando sobre a difícil situação financeira dos Estados que iriam governar. Brizola, que estava, naquele período, muito ameno com relação ao presidente Figueiredo, disse-me que "poupasse o João". "Diga, na nota, Mauro, que esperamos a ajuda do governo federal". Tancredo objetou logo: com isso não concordava. "Nós ainda não assumimos o governo, Brizola, e você vem pedir a intervenção federal nos Estados? Pedir a ajuda é condicioná-la politicamente. É concordar com uma intervenção branca".

Com o assentimento do governador do Rio, que reconheceu as suas razões, Tancredo inclinou-se para seu lado direito, onde se encontrava dona Lucy Montoro, e comentou, sorrindo: "Depois dizem que eu é que sou o moderado".

Redigida e distribuída a nota aos jornalistas, ao sair, já no carro em que eu o acompanhava ao aeroporto, para continuar a viagem para Brasília, Tancredo me disse que já era hora de intensificar as articulações. Se perdêssemos tempo, a linha dura dos militares

acabaria se sobrepondo a Figueiredo, e tudo voltaria ao pior. Era hora de impor as eleições diretas para a Presidência da República.

Coube-me articular, com o mineiro Otto Bracarense, então chefe da Casa Civil do governador José Richa, do Paraná, um encontro dos governadores de oposição. Recordo-me que Roberto de Abreu Sodré, que tinha seu escritório no mesmo edifício da Avenida Paulista onde eu tinha o meu, como representante informal do governo de Minas em São Paulo, e com quem eu conversava sempre, me aconselhou a realizar a reunião em uma das usinas hidrelétricas da Cemig ou da Cesp, ou seja, em Minas ou em São Paulo. Tudo seria na maior discrição, longe da imprensa. Conversei com Tancredo, e ele discordou. Tinham que reunir-se sob todos os holofotes, em público, para não dar ao governo o pretexto de que conspiravam. Mas deveríamos, isso sim, dar caráter técnico e administrativo ao encontro, a fim de amenizar o seu conteúdo político. Foi assim que conviemos, Otto e eu, em articular a convocação dos secretários de Planejamento e da Fazenda dos governadores de oposição. Dos governadores convidados, só Brizola não compareceu, porque estava, no dia em que se iniciaria o encontro, recebendo o presidente Figueiredo no Rio de Janeiro, mas mandou seus secretários.

Foi ali que, no fim de um documento técnico sobre a situação econômica e financeira dos Estados, se acrescentou um parágrafo, reclamando a aprovação, pelo Congresso, de emenda que restabelecesse as eleições diretas. Coube-me, a pedido de Montoro e de Tancredo, redigir a nota, curta e incisiva.

Muito se tem escrito sobre aquele período e, pela discrição com que participei de seus movimentos, sempre me recuso a dar um depoimento pessoal sobre o processo. Mas, a pedido de Fernando Lyra, que teve, em todas as articulações, papel político

muito mais importante do que o meu, resolvi redigir estas linhas. Do que ocorreu depois, no corpo-a-corpo do Congresso, na organização da frente política para o Colégio Eleitoral, na formação do Ministério – um ato de delicada ourivesaria política – e de tudo mais, quem pode dar seu melhor testemunho é exatamente o ministro Fernando Lyra.

Só quero recordar, no fim, o papel extraordinário de Ulysses Guimarães. Quando era necessário um documento que explicasse a formação da frente com os dissidentes do PDS, ele me pediu que participasse de uma reunião, na residência do senador Pedro Simon, para discutir os termos do papel divulgado depois sob o título de "Compromisso com a Nação". Eu o redigi no gabinete de presidente do MDB, na Câmara dos Deputados, e Ulysses depois o submeteu aos seus signatários. Houve ligeiras alterações, porque em documentos dessa natureza todos desejam dar a sua contribuição. Algumas delas não me agradaram, do ponto de vista gramatical, mas os documentos políticos não devem ser peças literárias, mas, sim, muito claros e precisos.

Por fim – e já que estou dando um depoimento pessoal – quero recordar a grandeza de Tancredo Neves confirmada em pequeno episódio, na tarde daquela quinta-feira, 14 de março de 1985. Eu levei-lhe novo texto do discurso (a primeira versão, ao relê-la, a seu lado, dias antes, não me agradou) que havia, sob sua orientação, redigido para a cerimônia de posse. Ele estava profundamente abatido, e, de vez em quando, levava a mão ao ventre, revelando seu desconforto. Começamos a ler o texto a dois, alterando-o, aqui e ali, quando, pela janela aberta, começaram a entrar os diminutos mosquitos vespertinos, que nos incomodavam. Sem dizer nada, Tancredo colocou a mão sobre meu ombro, como que sugerindo a pausa, levantou-se e fechou, ele mesmo, a janela da sala em que nos

encontrávamos. Qualquer politiquinho de meia-tigela, em situação semelhante, teria ordenado que eu fechasse a janela. Afinal, entre nós havia uma diferença de vinte anos na idade, e eu não estava enfermo. Naquele momento eu lhe disse que seria melhor submeter-se a um exame médico rigoroso no Incor e adiar, de alguma forma, a sua posse. Disse-lhe que o Affonso Arinos ou outro jurista encontraria uma fórmula constitucional para isso. Tancredo foi veemente em negar-se ao exame. Tinha que tomar posse de qualquer forma. Estava informado de que, em caso contrário, os militares não dariam posse a Sarney, que consideravam ter agido como um traidor ao regime. "É uma razão de Estado", resumiu.

Ponderou, no entanto, que eu deveria resumir o texto do discurso. Se ele se sentisse melhor, leria o texto longo. Do contrário, o menor. Disse-lhe que, se quisesse, tentaria resumir as 27 laudas do original em um texto cuja leitura durasse uns cinco minutos. E dei o exemplo do Gettysburg Address, o mais famoso dos discursos de Lincoln, que lhe tomara pouco mais de três minutos para proferi-lo.

– Mas eu não sou Lincoln, Mauro. Reduza para uns dez minutos.

Foram as últimas palavras que ele me dirigiu, antes de pedir-me que levasse o texto ao seu apartamento da Asa Sul, na manhã do dia seguinte, para que o relesse, antes de sair para a posse. O que ocorreu em seguida foi a traição das circunstâncias, com seu internamento no Hospital de Base, a controvertida ação dos médicos, sua transferência para São Paulo, o lento e penoso martírio – e a imensa frustração nacional.

Neste livro, Fernando Lyra, que foi um dos principais articuladores da candidatura de Tancredo junto ao Colégio Eleitoral – e que esteve muito próximo do governador de Minas naqueles me-

ses intensos de 1983 e 1984 – dá o seu depoimento sobre as belas jornadas cívicas que nos devolveram o Estado de Direito. Testemunha de sua dedicação a Tancredo, dedicação que se estendeu a seu desempenho corajoso à frente do Ministério da Justiça na fase inicial do governo Sarney, sinto-me feliz por redigir estas notas introdutórias, a seu pedido, sobre o grande mineiro e o seu tempo.

Brasília, novembro de 2006.

Mauro Santayana

*Brizola para presidente,
Fernando Lyra, vice,
em campanha.*

A nova Justiça

O primeiro compromisso da transição institucional que o país viveu, em 1985, era com a construção das instituições politicamente representativas e poderosas, socialmente justas e igualitárias, administrativamente modernas e eficientes. Tendo em conta esses valores, Fernando Lyra assumiu o Ministério da Justiça. E a primeira tarefa que se impôs foi a revisão de toda a legislação dos negros anos que separavam 31.03.1964 da posse de um novo governo – restaurador, democrático, ungido pelo povo. Na imprensa, a tradução dessa tarefa era a "remoção do entulho autoritário". Mas como fazer?, eis a questão.

Sob seu comando, antes de tudo, tentamos compreender a dimensão desse trabalho – representado por 1 Constituição, 38 emendas constitucionais, 2.978 leis, 2.272 decretos-leis e 37.265 Decretos, num total de 42.554 normas. Fôssemos rever 10 textos por dia (em 50 semanas, 250 dias úteis), e seriam necessários mais que 17 anos. Impraticável, pois. A partir daí, tentamos reduzir esse universo escolhendo 16 palavras chaves – na suposição de que qualquer texto autoritário conteria, ao menos, uma delas. O resultado foi igualmente desanimador: Segurança Nacional 214, Liberdade 85, Entorpecente 44, Censura 39, Anistia 36, Direitos Políticos 34, Cassado 18, *Comunis* (radical) 15, Garantia Constitucional 15, Ordem Pública 14, *Subvers* (radical) 13, Veto 13, Segurança Interna 12, Direito de Defesa 11, Sistema Penitenciário 2, *Proibid* (radical) 1.481, num total de 2.043 textos. Seguindo o padrão anterior, seria necessário quase um ano

mais de trabalho só para saber quais os textos a serem alterados. Razão pela qual decidimos rever alguns, apenas, aqueles que mais urgentemente pediam novo padrão normativo.

Primeiro de todos, segundo a visão do ministro, teria que ser a velha Lei de Segurança Nacional, contaminada por valores de um tempo que a consciência nacional já não aceitava. Assim nasceu o projeto da Lei de Defesa do Estado Democrático, em comissão presidida pelo ministro Evandro Lins e Silva e composta por Antônio Evaristo de Moraes Filho, Nilo Batista e René Ariel Rotti. Trocando a compulsão persecutória da ideologia anterior, basicamente de proteção do Estado, pela valorização da cidadania e dos ritos democráticos. Logo em seguida, e com o mesmo espírito, realizamos a reforma da Lei de Imprensa, em conjunto com a ABI de Barbosa Lima Sobrinho. Uma Lei de Acesso à Informação e de proteção à privacidade, junto à SBPC. E mais vasto conjunto de projetos deixados prontos, contando sempre com a participação de especialistas, da OAB, do IAB, dos Tribunais de Justiça, de organizações da sociedade civil.

Entre eles, vale anotar: Alteração no Código de Processo Civil (correspondente a 19,3% do total de seus artigos), nova Lei dos Estrangeiros, Simplificação de Procedimentos Contábeis, Usucapião Especial Urbano (regularizando a posse de imóveis em agrupamentos sub-normais), Reconhecimento de Filhos Adulterinos, Arbitragem; além de Anteprojetos de Lei a serem complementados – Lei das Sociedade por Quotas, Empresa Individual de Responsabilidade Limitada, Desapropriação, Falência e Concordata e Revisão Geral das Leis Penais. Todos esses projetos foram entregues à Presidência da República, em fevereiro de 1986, com o fim de serem enviados ao Congresso, pela Casa Civil. As razões pelas quais não o foram caberá à história analisar. Sem

esquecer a comissão encarregada de elaborar o anteprojeto da nova Constituição Federal, afinal votada em 1988. Presidida pelo jurista Afonso Arinos de Melo Franco, nela estavam representados todos os segmentos sociais.

No seu ministério, cumpre também lembrar a defesa da liberdade de criação e expressão, com restauração da livre circulação de idéias e abolição de qualquer forma de censura política ou ideologia. Para esse fim, criamos o Conselho de Defesa da Liberdade de Expressão, em comissão composta por Antonio Houaiss, Ana Carolina, Chico Buarque, Dias Gomes, Pompeu de Souza, Ziraldo e Terezinha Martins Costa (da CNBB). Foram liberados os três últimos livros ainda censurados: *Zero*, de Ignácio de Loyola Brandão; *Aracelli, Meu Amor*, de José Louzeiro; e *Feliz Ano Novo*, de Rubem Fonseca. Também foram liberados para exibição sem cortes, em qualquer horário, os seis últimos filmes ainda censurados por razões políticas: *Macunaíma*, de Joaquim Pedro de Andrade; *Eles não usam black-tie*, de Leon Hirszman; *Pra frente, Brasil*, de Roberto Farias; além de *Os condenados*, *O homem que virou suco* e *Doramundo*, todos de Zelito Viana.

Sob comando do ministro Lyra, adotamos uma nova atitude em relação à questão dos entorpecentes, compreendendo o problema de maneira mais abrangente; abandonando a visão só repressiva e expressando preocupação com educação e proteção dos usuários. Participamos do início de um novo ciclo de uma reforma agrária efetivamente democrática: conciliando o acesso à terra por aqueles que precisavam dela para sobreviver; mas garantindo a paz nos campos. Não houve sequer um morto, um único Chico Mendes, em toda sua gestão. Nas cidades, desenvolvemos o programa "Mutirão contra a violência". O Cade foi reativado, retomando seu papel regulamentar, de evitar o abuso do poder

econômico por parte das grandes corporações. A EBN passou a ser um órgão isento, sem os riscos de ser tido como instância de propaganda oficial. A Procuradoria-Geral da República, longe da só proteção do Estado, passou a ser órgão voltado para a defesa da cidadania e do cumprimento das normas jurídicas. Teve início a profissionalização da Polícia Federal, que deixava de ser instância repressora para estar a serviço do interesse coletivo. Estabelecemos relações íntimas com a Igreja e os mais importantes segmentos nacionais. Tanto mais.

Vênia para referir um fato curioso. É que, na média, em cada um dos andares da sede do ministério havia 47 placas de "entrada proibida", com policiais, à frente de quase todas elas. As placas foram todas arrancadas, e os policiais devolvidos a tarefas ligadas a seus fins próprios. O edifício acabou convertido em ponto de atração turística.

Essa decisão não tem maior relevância, mas é emblemática. Mostrando que, para além do intenso trabalho reduzido, mudança mais expressiva foi sobretudo de atitude. Sob seu comando, o Ministério mostrou-se um espaço aberto à cidadania; expressando a visão de que, para além das normas em si, era preciso compreender o papel que representavam na afirmação de uma sociedade efetivamente pluralista e democrática. A essa nova atitude, denominamos Nova Justiça. E um olhar sereno sobre esse período mostrará ter mesmo valido a pena tanto esforço. Por tudo se revelando, o ministro Fernando Lyra, como personagem importante da história do seu tempo. Dando-se por findo esse breve relato com trecho de texto que preparamos, junto a Mestre Ariano Suassuna, para expressar nossa visão de justiça, mas comprometida com a realidade:

"Quando, na casa de qualquer um de nós, brasileiros 'brancos' e privilegiados, um casal oprime e explora uma empre-

gada doméstica negra e pobre, é o Brasil oficial que está humilhando o Brasil real e violentando a dignidade de seu Direito. Quando, no interior, uma milícia de poderosos, governamental ou não, assassina um pobre posseiro, é o Brasil dos que arrasaram Canudos que está ali, assassinando o Brasil real. Quando, numa cidade, a Polícia invade e derruba uma Favela, é outro dos inumeráveis Arraiais de Canudos integrantes do Brasil real que está sendo assolado e destruído pelo Brasil oficial. No Brasil, a Justiça somente será efetiva quando, um dia, se anular essa terrível dilaceração de opostos. E quando, através de uma identificação verdadeira e fraterna, pela primeira vez em nossa atormentada História, a justiça do País oficial se tornar expressão acabada e verdadeira da justiça do País real".

José Paulo Cavalcanti Filho,
advogado no Recife, foi secretário-geral
do Ministério da Justiça, na gestão do
ministro Fernando Lyra
(março de 1985 a janeiro de 1986).

A política como intuição

Houve tempo em que se tinham como inconciliáveis razão e emoção. Lógica e sentimento. Hoje em dia, mais não. Ou pelo menos, menos. Já se disse, e quase se aceita como senso comum, que por detrás ou na gênese de toda razão há sempre uma emoção. E vice-versa. Por detrás de toda emoção há sempre uma razão. Fernando Lyra entendeu, desde logo, esta inseparação na política. E a colocou em prática, no episódio maior da redemocratização dos anos oitenta. Neste período fez da política o exercício da intuição.

Não basta, no entanto, ter intuição para transformá-la em arte política. É preciso que a intuição surja na hora e no lugar certos. Poder-se-ia até dizer: na política ter intuição antes do tempo é errado. Ou não adianta. Perde-se como devaneio. Não se concretiza como construção. Nem como exercício do poder. Nem como futuro. O desafio é intuir naquele raro tempo, naquele fragmento de instante, quando o impossível para um povo passa a ser possível. Segurar este momento com as mãos e transformá-lo em ato político é, então, arte. Nasceu assim o momento decisivo em que Fernando Lyra lançou a candidatura de Tancredo Neves para presidente da República e foi tecer nacionalmente as alianças. A partir daí, abriu-se possibilidade (e concretude) para um sentimento de libertação que o país, cada vez mais, partilhava.

Mas falta ainda uma outra condição. É preciso que a intuição também aponte para a direção certa. Ao lançar Tancredo Neves no momento certo, no lugar certo, na televisão nacional, e

no veículo certo, TV Globo, com Carlos Monforte, a direção também estava certa: a mobilização da opinião pública para o abandono do autoritarismo e a antevisão da democracia.

J. Borges, patrimônio da cultura pernambucanamente brasileira, uma vez se explicou. O sucesso de sua literatura de cordel devia-se ao fato de que ele "batia no sentimento do povo". O então sentimento de democratização do povo bateu na intuição do político Fernando Lyra, ou vice-versa, que entendeu a latente e até então sussurrante ambição presidencial de Tancredo Neves, fez o gesto e entrou para história.

A razão como fundamento da política implica a adesão do político a argumentos, análises, fatores e caminhos que lhes são em geral externos. A intuição não. Acreditar na intuição é acreditar em si próprio. É ser seu próprio limite. É fundamentar na emoção a aliança que pode ou não dar certo, o partido que pode ou não vingar, a eleição que pode ou não ser ganha. Este risco Fernando Lyra sempre correu com sagacidade, algumas vezes malandra e bem-humorada. Muita vez ganhou. Muita vez perdeu.

O drama maior do político intuitivo, no entanto, é quando ele põe de lado a intuição que acredita em nome da racionalidade que duvida. Nesse momento ele se abandona. Deixa-se de ser. Foi ao que assisti no episódio do filme *Je vous salue, Marie*. Todo Fernando queria liberar o filme. Foi até o último momento do último dia. Tentou o último argumento: a questão deveria ser discutida no Judiciário. Aí sim, numa democracia, proibição deixa de ser censura, e se assume legitimamente enquanto defesa de direitos de terceiros. Em qualquer outro lugar, não. Mas a Igreja Católica foi a implacável e retrógrada pedra no caminho. A conservadora hierarquia de Roma se apropriara e cobrava para si crédito que não era seu: o apoio que a Teologia da Libertação

dera para a democratização do país. E por razões de Estado, que a intuição ressentia, o filme foi censurado pelo Ministério da Justiça do angustiado ministro. Mas se a intuição foi contida, o futuro não. Como tinha dito no Teatro Casa Grande, no Rio: censura nunca mais. A partir daí não mais se censurou no país. Às vezes perde-se, para poder ganhar.

O político racional é mais previsível e cauteloso. O intuitivo, não. É mais impetuoso e imprevisível. A imprevisibilidade, porém, tem custos. Impede a rotina, gera incompreensões, dificulta as alianças, deixa perplexos e desconfiados interlocutores. Para compensar estes riscos maiores, às vezes a intuição precisa ser liderada. Não pode ficar solta. Fui testemunha da necessidade de Fernando ter líder que lhe ajudasse a moldar sua intuição individual em racionalidade institucional. Fui testemunha da solidão às lágrimas que a morte de Tancredo lhe trouxe. Mesmo já ministro, mesmo já mais de ano depois.

Mas o que é a solidão se não precioso espaço onde a intuição se prepara e se molda como atividade concreta? No caso, como política – participação nas decisões da *polis* – o que, com Márcia, Fernando Lyra sempre obsessivamente buscou.

Joaquim Falcão
foi chefe de gabinete
do Ministério da Justiça, na gestão
do ministro Fernando Lyra
(de agosto de 1985 a fevereiro de 1986)

Confiança e competência

O convite de Fernando Lyra para integrar sua equipe no Ministério da Justiça como Secretária-Geral Adjunta, representou um grande desafio para minha carreira na área pública que havia se iniciado em 1977, como técnica de administração no Departamento de Física da Universidade Federal de Pernambuco e vinha se consolidando desde 1982 no Ministério da Fazenda, em Brasília, como Fiscal de Tributos Federais, do quadro permanente da Secretaria da Receita Federal.

Segundo ressaltou Fernando Lyra à época, o binômio confiança e competência era a base para a formação de sua equipe no Ministério da Justiça. Durante o período que estive responsável pela gestão administrativa e financeira do Ministério, pude entender como a articulação destes dois elementos pode representar o principal fator crítico de sucesso na composição da equipe e na condução de qualquer instituição pública, especialmente quando o seu dirigente maior acredita na delegação de competência como boa prática da gestão.

Durante os onze meses que Fernando Lyra conduziu o Ministério da Justiça, estas duas forças estiveram presentes no dia-a-dia da instituição: no nível estratégico, a confiança entre os membros da equipe permitia o compartilhamento de idéias e a construção de objetivos comuns. De outro lado, no nível operacional, a competência de cada um era respeitada e possibilitava uma perfeita divisão de responsabilidades. É de se ressaltar que este mesmo princípio

era aplicado pela equipe estratégica do Ministério na formação de suas equipes operacionais.

Nessas condições, compartilhar idéias e dividir responsabilidades com uma equipe composta por ilustres figuras públicas, tais como José PauloCavalcanti Filho (Secretário-geral), Marcelo Cerqueira (Consultor jurídico), Cristóvam Buarque (Chefe de gabinete) e Joaquim de Arruda Falcão (Chefe de gabinete em substituição a Cristóvam), capitaneados pela *expertise* política de Fernando Lyra, representou um enorme aprendizado para mim.

Luciana Pimentel
foi secretária-geral-adjunta
do Ministério da Justiça, na gestão
do ministro Fernando Lyra
(de março de 1985 a janeiro de 1986)

O dito & o feito

A chamada abertura, lenta, gradual e segura atribuída ao general Golbery e iniciada pelo general Geisel precisava tirar do seu caminho o MDB, que desde a década de 1970 seguia seu curso vitorioso.

Com a crise do petróleo chega a termo o "milagre econômico", provocando erosões na aliança entre a burguesia e os militares. Greves operárias no ABC paulista, a volta de exilados e o fortalecimento do Grupo Autêntico no interior do partido faz do MDB a frente oposicionista capaz de empolgar o poder, mesmo nos limites impostos pelas leis restritivas da ditadura. Em 1974, elegeu 16 senadores, cerca de 44% de deputados federais e a maioria de deputados estaduais em seis Assembléias Legislativas, o que lhe permitiria a eleição indireta dos respectivos governadores.

A reação militar vem com o Pacote de Abril de 1977 e a prorrogação de mandatos de vereadores e prefeitos para permitir a coincidência geral de mandatos. Ainda era pouco. Em uma ação sem precedentes nos Parlamentos, o governo militar tem o requinte de fazer o seu partido (Arena) extinguir seu adversário (MDB) pelo voto majoritário de que ainda dispunha no Congresso Nacional. A extinção do bipartidarismo força a reforma partidária.

O MDB é sucedido pelo PMDB, mas sofre significativa divisão interna quando Tancredo Naves, aliado ao seu tradicional adversário Magalhães Pinto, lança o Partido Popular e o inscreve com uma nota forte: "Meu partido não é o de Arraes".

Dizia-se que a aliança do Partido Popular com o PDS, que sucedeu a Arena, permitiria uma solução civil com a candidatura a presidente da República do então ministro da Justiça Petrônio Portela, que vindo a falecer desfaz a trama.

A maioria governista aprova projeto de lei do governo que vincula os votos de vereador a governador, obrigando, com esse tiro (epa!) no pé o PP a refluir para o PMDB.

Vida que segue, Tancredo Neves elege-se governador de Minas Gerais, Franco Montoro governador de São Paulo e Leonel Brizola governador do Rio de Janeiro.

Como se recorda, a base civil e política do golpe de 1964 era composta por governadores dos mesmos estados referidos acima: Magalhães Pinto por Minas Gerais, Adhemar de Barros por São Paulo e Carlos Lacerda pela Guanabara.

Com a nova correlação de forças é impulsionada a luta por eleições diretas para presidente da República, derrotada por votação congressual. Assim, abre-se caminho para as oposições – *se unificadas* – disputarem a presidência da República, mesmo no Colégio Eleitoral dos militares.

Talvez a mais difícil tarefa fosse a de *reconstruir* a unidade *real* do MDB/PMDB, desfeita por Tancredo Neves com a frase "meu partido não é o de Arraes" e recomposta pelo castigo da vinculação de votos.

É nesse momento crucial que um deputado dos autênticos do MDB toma a iniciativa audaciosa de convencer Miguel Arraes a visitar Tancredo Neves no Palácio da Liberdade, que o espera como uma noiva aguarda o pretendente no altar. Imagino que o deputado antes de conversar com Arraes naturalmente acertou-se com um receptivo Tancredo. Nessa altura, o redator destas notas já privava de sua amizade e de sua confiança, mas, mesmo

com o convívio quase diário, não soube da genial articulação. Pronto, foi tirado o espinho da mão e aberto o passo para a candidatura do saudoso presidente.

Esse deputado já havia se destacado entre os Autênticos com o posto de cabo: era o "cabo Lyra". Seu notável descortino e audácia política cortaram o passo dos que apostavam na divisão do partido e procuravam uma saída "pela direita". Sua contribuição para a transição pactuada foi decisiva e o reconhecimento do presidente o fez seu ministro da Justiça, onde também iria deixar, indelével, sua marca: mas isto já é outra história.

Ora direis: mas sem a iniciativa do deputado não haveria a sucessão de fatos que permitiu a eleição de Tancredo Neves no Colégio Eleitoral? Não sei. Não tenho o contra-factual para responder. O que posso depor é que o **Dito** da ditadura foi desfeito pelo **Feito** do bravo deputado pernambucano.

Marcello Cerqueira,
ex-deputado, é advogado,
professor de Direito Constitucional,
além de crítico de ditaduras em geral.
Foi consultor jurídico
do Ministério da Justiça na gestão Fernando Lyra
(de março de 1985 a janeiro de 1986).

Fernando: um militante

Orador

Conheci Fernando Lyra em cima de um palanque. Devia ser um caminhão no terreno da Assembléia Legislativa de Pernambuco, na campanha de 1978. Embaixo, onde eu estava, alguém me disse que ele acabava de sair de uma cirurgia no coração, havia feito pontes de safena. Talvez tenha sido a primeira vez que vi alguém safenado. E me impressionou sobretudo a força como ele falava. A força da voz e a contundência da fala. Ali estava um dos melhores palanqueiros que o Brasil já teve. Eu tinha saído do Brasil em 1970, naquele tempo Fernando ainda não era um político conhecido e o Brasil estava em plena ditadura. Daí minha dupla surpresa, com o político e com seu discurso. Eu não o conhecia e não achava possível um discurso tão forte contra o regime.

Líder

No ano seguinte voltei para o Brasil e pouco depois recebi a visita do Deputado Fernando Lyra. Veio em minha casa indicado por meu irmão Sergio. Queria manter contato e esperava que colaborasse com ele. Eu estava como professor na Universidade de Brasília e queria que o assessorasse com conversas, sempre que fosse necessário. Desde aquele dia, passei a estar com ele quase que semanalmente, dando sugestões, fazendo estudos, até mesmo escrevendo minutas de discursos, sobretudo aprendendo como fazer política com uma causa, correndo risco. Lembro especialmente do discurso que ele fez para saudar o rei Juan Carlos, da Espanha,

em visita ao Brasil. Terminava dizendo que cumprimentava o rei que, no seu país, recebia a legitimidade de chefe de Estado ao ser escolhido pela hereditariedade, como no Brasil só a eleição direta poderia garantir. Hoje, parece uma idéia simples, até ingênua. Naquele tempo era um conceito proibido, uma heresia contra todo o pensamento prevalecente. Fernando assumiu ali um risco que, mesmo nos tempos da Abertura já iniciada, poderia levar à cassação ou perseguições muito piores.

Ali estava o líder Fernando Lyra, dizendo com veemência o que pensava, mesmo que sujeito a riscos, mas também acenando para uma linha clara em direção à causa: derrubar a ditadura, a eleição direta para presidente. Com esta estratégia, Fernando dedicou mais de um ano na luta pela aprovação da Emenda Dante de Oliveira, que previa eleições diretas para presidente. A emenda não passou por poucos votos. Foram duas surpresas: a primeira que a proposta de emenda tenha avançado tanto, a outra que no final tenham faltado tão poucos votos. Era prova da fraqueza e da força da ditadura: fraqueza, por não matar desde o início todos os movimentos naquele sentido, não prender os autores e os defensores da idéia; força, para não deixar que ela fosse aprovada.

A ditadura já não tinha a força policial, mas ainda tinha a força política.

Coerente

Ao lutar pela eleição direta para presidente, com toda a força, de peito aberto, Fernando Lyra demonstrava sua coerência política de democrata. A eleição direta era o ponto de partida para a redemocratização do Brasil, para a anistia, para uma constituição escrita por constituintes eleitos, pela liberdade dos partidos, eleições não tuteladas, o fim da censura, relações diplomáticas com todos os países.

Esta coerência sempre esteve presente em Fernando Lyra, na luta pela democracia, pelo desenvolvimentismo, na defesa dos interesses pernambucanos, nordestinos e brasileiros.

Formulador

A política, como a guerra, não se faz sem capacidade de improvisar novas táticas de luta. Terminada e derrotada a fase da luta pela emenda constitucional que permitiria eleição direta para presidente, Fernando percebeu e imediatamente reorientou sua luta para a eleição de um presidente civil, mesmo que no Colégio Eleitoral conforme a constituição do regime militar. Parecia incongruente para alguns e utópico para outros. Para muitos parecia abandono de luta, traição até, porque estavam presos aos meios e não aos fins da política. Para outros, era um objetivo impossível, porque ninguém poderia ganhar da ditadura no seu próprio terreno. O Colégio Eleitoral era escolhido em grande parte sob a tutela do regime, fosse nos eleitores indiretos fosse nos muitos eleitos pelo partido da ditadura.

Com sua imediata reorientação de meios, mantendo o mesmo fim, Fernando demonstrou duas capacidades muito raras na política brasileira: a coerência e a capacidade de improvisar sem abrir mão de princípios. Ele tem sido um dos raros políticos que não se deixam cair nas malhas e armadilhas dos preconceitos amarrados aos meios e não deixam cair seus princípios baseados em conceitos claros de seu projeto para o país. O mesmo objetivo, com novos meios. Ainda que parecesse impossível. Foi, naquele importante instante da vida nacional, um visionário com capacidade de formular táticas, inclusive dentro do campo do inimigo.

Visionário

Mesmo aqueles sem preconceitos, cujo objetivo da luta pela democracia justificava a eleição indireta, não aceitaram a nova posição por acharem impossível. Nessa luta, Fernando era um visionário. Sonhador. Garimpeiro do impossível. Poucos acreditaram que valia a pena. Alguns dos democratas perderam a fé, como se a ditadura fosse eterna. Outros pensaram que o único meio era retomar a luta armada. A maioria considerou que o melhor caminho era esperar novo momento, dali a alguns anos se apresentaria outra vez uma nova emenda pelas Diretas.

Como visionário ele passou a dizer que não poderíamos esperar, era preciso de imediato começar a luta para ganhar a eleição indireta que seria feita em 1984.

Corajoso

Muitas vezes a maior coragem não está em enfrentar os inimigos, mas aos próprios amigos. Enfrentar a ditadura, como eu o vi fazer naquele comício de 1978, ou no discurso saudando Juan Carlos e em tantos outros discursos, era mais fácil do que enfrentar os que estavam acostumados à idéia das Diretas como o único caminho para a democracia. Fernando teve a coragem de ser coerente com seus princípios e objetivos políticos, enfrentando todos os aliados mais próximos.

Persistente

Foi com esta força visionária que ele se aproximou de Tancredo Neves, ao perceber nele a única alternativa para ganhar a eleição indireta para presidente. Todos os amigos de Fernando, do grupo dos Autênticos, do bloco de esquerda, continuavam fiéis ao meio escolhido das Diretas e viam em Tancredo um democrata do outro lado do muro. Nem aliado da ditadura, nem

democrata confiável. Participei do debate, vi as resistências, ouvi as críticas. Eram todos contra a defesa do caminho pelo Colégio Eleitoral. Mesmo assim, persistiu, tanto no convencimento dos aliados, como na atração ao próprio Tancredo que, no princípio, não parecia acreditar muito na alternativa. Nem querer renunciar ao mandato de governador de Minas, com pouco mais de apenas um ano de governo para a impossível aventura de disputar a presidência no quintal da ditadura, o colégio eleitoral.

Fernando convenceu Tancredo e enfrentou os aliados.

Articulador

Esta talvez seja a maior das qualidades políticas de Fernando Lyra, sua competência para articular as alianças necessárias para vencer a disputa política que fizer. E foi com maestria que se transformou em um dos mais fortes articuladores, se não o principal de todos eles, da eleição de Tancredo. Não apenas o defensor do caminho da disputa no Colégio Eleitoral, mas o articulador da vitória no Colégio Eleitoral. Com sua prodigiosa memória e sua capacidade de convencer as pessoas ou ganhá-las, ainda que pelo cansaço, Fernando se jogou inteiramente, por meses, na corte e na sedução a cada pessoa que pudesse influenciar a votação: fosse cada um das centenas de eleitores, fosse cada um dos líderes que podiam influir, da esquerda ou da direita, Arena ou MDB, Arraes ou Brizola, Marco Maciel ou Sarney.

E a partir de um certo momento, no final do ano de 1984, Fernando pôde ter a certeza de que Tancredo tinha os votos necessários.

Vitorioso

No Brasil, costumamos considerar vitoriosos os que vencem eleições. Perdemos a capacidade de só dar este título aos que mu-

dam o país conforme os rumos que defende. Fernando ganhou muitas eleições, mas ele é vitorioso porque venceu a luta pela derrubada de um regime que parecia sólido, permanente. Ele foi vitorioso no dia da vitória de outro, quando Tancredo Neves passou dos cinqüenta por cento dos votos necessários para ser presidente, e o regime militar terminou. A grande vitória de um político não é quando obtém votos, mas quando consegue mudar a realidade, conforme os objetivos, para fazer seu país mais próximo dos sonhos de seu povo. Fernando mudou a realidade brasileira da ditadura para a democracia. Usando sua energia, sua visão, sua persistência e coragem, todas suas qualidades de político, de cidadão, de brasileiro.

Personagem

Com sua vitória, Fernando pode se vangloriar de ter um lugar onde poucos políticos brasileiros têm: na história de seu país. Entre os milhares que se candidatam, poucos conseguem passar nos testes eleitorais; dos que passam, a imensa maioria tem mandato e consome seu período apenas no exercício das funções políticas, alguns até com brilhantismo; mas raros conseguem passar no teste da história, deixar uma marca. Fernando deixou a sua. Sempre que se escrever a história brasileira, especialmente o período em que o Brasil sai da ditadura e entra na democracia, o nome de Fernando Lyra estará nos livros.

Construtor

Mas o seu nome não vai estar apenas como um dos conquistadores da democracia, ainda mais, como um dos mais importantes nos meses seguintes à derrubada da ditadura, como construtor da democracia. A morte de Tancredo levou à descrença na possibilidade de, além da derrubada do Mal, termos a construção do Bem.

Escolhido por Tancredo e mantido por Sarney para ser o ministro da Justiça, Fernando teve a oportunidade de ser um dos construtores da nova ordem. E teve um papel fundamental. Ele não apenas coordenou o desmanche das leis do arbítrio, como também a formulação das novas leis. Desde o fim da censura ao reatamento das relações exteriores com Cuba, à convocação da Constituinte, à liberdade de formação partidária, tudo passou por ele. Além disso, ao lado de alguns outros poucos, Fernando preencheu o vazio de poder como um dos guardiães do pensamento e das idéias de Tancredo, sem falar da lista de pessoas a serem convocadas para os muitos cargos da República. Nos primeiros dias da Nova República, Fernando esteve presente como um dos mais importantes pilares na coordenação política que permitiu desde a posse do Sarney até a continuidade com ele do projeto democrático.

Militante

Fernando tem sido acusado de ter mudado de partidos ao longo de sua vida pública, quando ele deveria ser reconhecido como quem foi capaz de adaptar-se à realidade para não abandonar a causa democrática que defendeu. Fernando não se limitou a ser um filiado, foi um militante. A juventude de hoje vê a política como um antro de jogo sujo, sem princípios e sem objetivos maiores do que os interesses eleitorais de cada político. Além disso, ela não vê a política como a estrada para a construção da história, da mudança de que o país precisa. Nem vê qualquer relação entre Política e Causa. Fernando é um exemplo a ser mostrado aos jovens como é possível usar a política para servir ao país, mudando-o para melhor, tirando-o da Ditadura para a Democracia, daqui para frente, a Democracia como meio para fazer um país soberano, invulnerável, justo socialmente, equilibrado ecologicamente, eficiente economicamente e rico científica, tec-

nológica e culturalmente. A política sem uma Causa é como o sexo sem amor, pode até ser divertido e remunerar, mas não deixa marca, não faz história, não dá romance. Fernando fez política com paixão, porque tem uma causa, e mesmo sem mandato, continua. Por isto, é um exemplo de militante.

Cristóvam Buarque
foi chefe de gabinete
do Ministério da Justiça, na gestão
do ministro Fernando Lyra
(de março a agosto de 1985)

Cristovam Buarque e Fernando Lyra.

O ministro Fernando Lyra, em seu gabinete de trabalho.

*Ao meu pai João Lyra Filho,
a Márcia e às filhas
Patrícia, Renata, Juliana
e aos netos Pedro, Fernanda,
João, Luíza e Caio.*

ABERTURA

Quando decidi lançar a candidatura de Tancredo Neves à Presidência da República, em 15 março de 1983, no dia da sua posse como governador de Minas Gerais, a transição democrática estava ainda longe de ser um fato consumado, por incrível que hoje pareça. Os partidários do regime tentavam a qualquer custo manter-se no poder. Mesmo que para isso tivessem de recorrer não mais a quarteladas, mas a golpes sutis, dentro do sistema que criaram, querendo dar ares de legitimidade àquela ditadura que teve, como quase sempre ocorre no Brasil, criatividade e singularidade. O país sempre esteve acostumado aos sobressaltos de transições bruscas de poder.

Antes mesmo de completar um século de República, foram tantos golpes que é difícil saber quantos anos realmente o país viveu de democracia. Golpes explícitos e golpes disfarçados. A própria proclamação da República se deu com um golpe militar. Ao consolidar-se, o sistema eleitoral que imperou considerava a votação apenas da minoria da população. Pouco mais de trinta anos depois, veio outro golpe, a Revolução de Trinta, e, no rastro dela, o Estado Novo. Isso durou, como se sabe, até 1946, quando houve uma transição democrática em que saiu vitorioso nas urnas um general que servira a Getúlio (e colaborara no golpe que o derrubou). Logo que retornou ao poder, pelo voto, Getúlio voltou a sofrer conspirações e pressões para ser alijado do Catete.

O próprio Tancredo Neves tinha visto isso muito de perto, quando ficou solidário com Getúlio – contra os golpistas. E também

quando, alguns anos depois, ele aceitou ser o primeiro-ministro – naquele parlamentarismo provisório que tentava evitar o golpe contra Jango que, afinal, ocorreu, não muito tempo depois do retorno ao presidencialismo, regime sob o qual se elegera.

Em 31 de março de 1964, véspera do golpe militar, eu tinha 25 anos e praticamente nenhuma atividade política. À noite, depois de assistir ao jogo amistoso Náutico e Palmeiras, no bairro dos Aflitos (a poucos quilômetros do centro do Recife), eu e meus irmãos fomos jantar na Cantina Star, na avenida Conde da Boa Vista (no centro), e seguimos a pé a um apartamento da minha mãe, no edifício Pirapama, naquela mesma avenida.

A caminho, notei um movimento estranho para aquelas horas no IV Exército, e ainda maior no Sindicato dos Bancários, ambos no mesmo bairro da Boa Vista. Muita gente gritava palavras de ordem. Curioso, perguntei o que significava aquilo tudo. Alguém do sindicato me respondeu:

– Em Minas Gerais, uns milicos lá estão querendo dar um golpe, mas nós vamos botar pra quebrar, e em pouco tempo tudo estará resolvido.

Chegando ao apartamento de minha mãe, a primeira coisa que fiz foi ligar o rádio (em onda curtas) e sintonizá-lo na Rádio Nacional do Rio de Janeiro. Foi quando percebi que o acontecimento não era tão simples como parecia. Lembro-me como se fosse hoje do pronunciamento de José Serra, presidente da União Nacional dos Estudantes, protestando contra o movimento militar e convocando os estudantes a resistir.

O golpe militar foi precipitado em Minas Gerais. Também para Minas Gerais, mas em sentido oposto, é que o Brasil se voltou, vinte anos depois, quando Tancredo Neves se mostrou a melhor opção para liderar o país de volta à democracia, depois de

tanto tempo de jejum forçado na escolha do seu presidente da República. Ainda não pelo voto direto, como queríamos, mas com a legitimidade das massas.

É disto que trata este livro. De Tancredo e da transição democrática. De como ele foi eleito presidente, e da transição que ainda não se completou. Aliás, podemos dizer, sem exagero algum, que ainda está no começo.

Há mais de vinte anos também prometi um livro sobre o assunto. Por esta nota que releio – da coluna "Radar", da revista *Veja* –, publicada no dia 29 de agosto de 1984, vejo que o sonho é ainda mais antigo do que eu pensava. Compartilho com o leitor a nota que se intitulou "Lyra solta o roteiro da dissidência":

> "Está em via de sair da gráfica do Senado o livro *Roteiro do consenso*, memórias dos meses em que o deputado Fernando Lyra (PMDB-PE) se dedicou ao trabalho de atrair para a candidatura Tancredo Neves os dissidentes do PDS. Há detalhes inéditos de conversas com o líder do governo na Câmara, deputado Nelson Marchezan, e a revelação de que em dezembro passado já se falava de acordo, no Palácio Jaburu, com o vice-presidente Aureliano Chaves".

Não sou fatalista. Não creio que o golpe fosse inevitável, mas todos nós que nos ocupamos de política sabemos que o golpe militar de 1964 foi a culminância de um processo, inclusive com respaldo internacional, que se iniciara com o tenentismo de 1922. Seria o mesmo quanto à transição democrática? Os fatos parecem dizer que sim.

Em 1983 (ano para o qual me reporto, no lançamento informal da candidatura Tancredo), os militares já tinham cumprido o seu ciclo. Mas insistiam em prolongar a sua permanência no poder. Eram artífices e executores de um curioso modelo de ditadu-

ra que a si mesma se definiu durante todo o ciclo ditatorial como "democrática".

Os presidentes-generais que se sucederam nunca se assumiram como ditadores, e até se apresentavam com algo de messiânico, pois seriam os pretensos salvadores da pátria contra os seus inimigos subversivos externos e internos.

Assim, do mesmo modo que a transição democrática no Brasil é um processo incompleto, sem data para se concluir, o seu início é também difícil de precisar. O certo é que a luta pela democracia começou simultaneamente ao golpe, não tanto como queria o arroubo do popular que me respondera na frente do Sindicato dos Bancários, mas como uma luta lenta, cheia de obstáculos e perigos. Como quem constrói uma casa, pedra a pedra, tijolo a tijolo, mas arduamente, porque com poucos recursos e enfrentando muitas adversidades.

Por tudo isso, não há como falar do passado recente de transição democrática com Tancredo Neves sem referir-se ao passado um pouco mais remoto, dos heróicos dias em que se lutou contra os atos institucionais, em que pessoas foram presas, torturadas, mortas, ou se esconderam, se exilaram; em que tentaram se abrigar tantos resistentes e insurgentes contra o regime; em que se organizaram partidos, associações, grupos, aparelhos, grêmios para se conseguir a liberdade, a democracia, a participação plena na vida política brasileira.

Faz pouco mais de vinte anos que elegemos Tancredo presidente, para que tivesse finalmente início a transição para a democracia. O país carece ainda tanto de democracia real da sociedade, e tão pouco mudou em nossas práticas políticas, que ainda é cedo, muito cedo, para se definir o Brasil como uma sólida democracia acima de golpes e sobressaltos.

Tudo o que se escreve sobre o passado é sempre a partir dos olhos do presente: é uma lição preciosa que nos ensinam os historiadores. E mais ainda, com o que fazemos agora é que estamos, obviamente, definindo o que será o futuro das novas gerações.

Nesse aspecto, o momento do lançamento da candidatura de Tancredo foi muito especial. Mobilizou a emoção de todo o país, ansioso, sedento de participação popular. Como há fatos ainda pouco esclarecidos, manobras de bastidores não muito bem explicadas e até evidentes imprecisões em muitas narrativas, considerei este livro necessário. Esta é a minha modesta contribuição à história da transição democrática no Brasil. Daquilo que eu sei. Daquilo que eu testemunhei. Daquilo que eu vivi.

O GENERAL SORRIU PRA MIM

A cena nunca me saiu da memória. Talvez porque tenha sido um dos contatos mais irônicos e surpreendentes que tive com a ditadura de 1964, logo no seu começo, quando ainda não desenvolvia nenhuma atividade de natureza político-partidária.

Eu morava na praia de Boa Viagem, Zona Sul do Recife. Por lá ia passar um desfile com o presidente da República, o general Castelo Branco, que visitava a cidade. Era em carro aberto, coisa costumeira na época (foi num desfile em carro aberto que o presidente norte-americano John Kennedy levou uma bala fatal, em Dallas).

Fui um dos tantos e tantos e tantos que seguiram para o calçadão da avenida Beira-Mar para ver o cortejo passar. E isso não demorou. Logo avistei o general Castelo Branco e, junto dele, o general Antonio Carlos Muricy, então comandante do IV Exército.

Aí se deu o inesperado. O general Muricy curvou um pouco a cabeça, olhou bem na minha direção e, com um aceno e um sorriso, disse:

– Ó Lyra, como vai?

Ninguém entendeu absolutamente nada. Por que um general que acompanhava o presidente da República havia me cumprimentado? A explicação é muito simples: ele, aí por 1958, 1959, era coronel-comandante do CPOR, justamente na época em que eu era aspirante. Chegou até a participar de algumas das nossas noitadas, com muita música, no restaurante A Cabana, no Parque 13 de Maio, onde eu atuava como uma espécie de cantor oficial do grupo. Assim, para ele, fiquei sendo sempre o Lyra do CPOR.

Mas quando, cinco anos depois daquela convivência, ele me reconheceu em público, confesso que sofri um choque muito grande, principalmente, é óbvio, devido àquelas circunstâncias – as visíveis e as ocultas: nem ele nem ninguém naquela multidão sa-

bia que, a poucos metros dali, exatamente dentro da minha casa, estava escondido o compositor Carlos Fernando – meu amigo de infância de Caruaru – que, como o seu irmão Manuel Messias, era um dos tantos perseguidos pelo regime militar que o general Muricy ajudou a construir e ao qual servia.

COMO LANCEI (SEM SABER) UM CANDIDATO INTEGRALISTA

Minha facilidade de atuar na oposição e a habilidade para lançar candidaturas começou muito cedo. Parecia uma coisa inata, como a independência, que devo certamente ao meu pai, João Lyra Filho, que, entre outras ousadias, patrocinou o primeiro comício de Luís Carlos Prestes em Caruaru, em 1945. Dez anos depois disso, foi a minha vez de me experimentar na política, ainda, é claro, sem nenhuma intenção de candidatura (eu tinha 17 anos incompletos), nem mesmo consciência ideológica. Não era sequer eleitor nesse tempo. Na época, os menores de 18 anos de idade não votavam.

Reagi contra a intenção do PSD pela candidatura única à prefeitura do município, a do médico Geminiano Campos, patrocinada por ninguém mais que o governador de Pernambuco na época, que era o general Cordeiro de Farias. Houve uma inconformação, diria mesmo indignação, contra aquilo. Uma das vozes exaltadas era do meu professor de matemática, na Escola Técnica, onde eu estudava. José Bione adorava falar em política nas aulas, e uma vez o interrompi, dizendo:

– O senhor reclama muito. Por que então não mostra indignação de verdade, saindo candidato a prefeito? Se topar, eu coordeno a sua campanha.

A provocação deu resultado, ele topou ser candidato de oposição. Cresceu tanto a candidatura de Bione (muito tempo depois fiquei sabendo-o simpatizante da Ação Integralista Brasileira),

que o PSD terminou por trocar o candidato deles por um mais forte, que venceu a eleição: Sizenando Guilherme de Azevedo.

Não conseguimos mais do que 25% dos votos, mas valeu como experiência naquela inteira inexperiência política que eram a minha e a de tantos em Caruaru, que chegava a beirar a alienação quanto ao quadro nacional. Para se ter uma idéia disso, basta dizer que nos engajamos no lançamento de uma candidatura de oposição a prefeito, mas só uma semana antes da votação é que fiquei sabendo da outra eleição: para presidente da República, de Juscelino Kubitschek.

EM APOIO DE JÂNIO QUADROS, CONTRA A VONTADE

O segundo capítulo na minha incipiente atuação política se deu em 1958, durante a campanha, para o governo do Estado, de Cid Sampaio. Eu, contrário ao PSD, apoiava a "Coligação Caruaruense" da UDN com o PTB, o PCB e o PDC. Minha principal participação era como orador. Diferentemente da candidatura à prefeitura de Caruaru, dessa vez ganhamos a eleição em todo o Estado, com uma grande vantagem sobre o candidato da situação.

No ano seguinte, minha atenção se voltou novamente para Caruaru, e com uma razão extraordinariamente superior àquele primeiro experimento político com o meu professor de matemática. O candidato a prefeito dessa vez foi o meu pai, João Lyra Filho, e conseguimos que vencesse uma eleição dificílima.

Um parêntese nisso foi que em 1960 eu entrei para o curso de administração pública da Fundação Getúlio Vargas, e me mudei para o Rio de Janeiro, onde fui morar numa pensão.

Visitava sempre o deputado Lamartine Távora, que tinha sido o candidato apoiado por minha família, na eleição de 1958. Foi ele quem me indicou para oficial-de-gabinete do ministro da

Agricultura. Mas fiquei pouco tempo no Rio. Voltando ao Recife (abandonei o curso da FGV), tive de apoiar, contra a vontade, a candidatura de Jânio Quadros a presidente, que era preferido do governador Cid Sampaio, que apoiava o meu pai.

Em Caruaru, dividi meu tempo entre um pequeno negócio de venda de fogão a gás e o curso de direito na Faculdade de Direito de Caruaru, onde me formei, na primeira turma.

Os fatos da minha atuação política entre a eleição de Jânio e o golpe militar de 1964 podem ser resumidos numa frase: participação em comícios como orador e atuação na política eleitoral. Mas o contexto exigia mais. Houve tanta cassação em 1964 que o regime terminou por fazer uma eleição suplementar, já que ficou faltando um deputado federal. Foi justamente aí que dei meu primeiro voto realmente "do contra": em João Ferreira Lima, para deputado federal. Minha indignação contra o regime militar crescia e, junto com isto, o interesse pela política.

CARLOS LACERDA E A FRENTE AMPLA

Em 1965, fui um dos fundadores do Movimento Democrático Brasileiro, o MDB. No ano seguinte fui candidato pelo partido a deputado estadual. E me elegi.

Na Assembléia Legislativa encontrei o meu primeiro mestre em política: o deputado Egídio Ferreira Lima, grande democrata e, além disto, muito bem preparado política e intelectualmente. Foi uma espécie de guia para mim.

Éramos 14 deputados estaduais de oposição em 1967 (a Arena, partido do governo, contava 41). Um ano depois, constatei que minha vocação era para os temas nacionais, quando tratei de saber o que era a Frente Ampla. Fui então ao Rio de Janeiro, em missão da bancada do MDB estadual. Contei com a ajuda do

meu amigo João Condé, que me apresentou a Carlos Lacerda.

O ex-governador Lacerda liderava a Frente Ampla. Tratou, com extremo pragmatismo político, de reunir no mesmo barco seus velhos inimigos Jango e JK, provando a idéia atribuída a Churchill de que "o adversário do meu inimigo é meu aliado".

Tive uma impressão muito positiva de Carlos Lacerda. Especialmente por causa da sua coragem pessoal e política. Certa vez, logo depois de conhecê-lo, assisti a uma palestra que deu no Teatro Municipal de São Paulo, e vi como ele podia ser enfático e duro no debate político.

Voltei então ao Recife convencido pela ênfase de Lacerda em apoiar a Frente Ampla. Em 1968, ele veio a Pernambuco, esteve comigo na minha casa, acompanhado dos irmãos José Carlos e Sérgio Guerra, e me deu de presente um long-play em que recitava Shakespeare.

O ano de 1968 foi, como se sabe, um ano trágico para o Brasil. Em conseqüência do AI-5, baixado em 13 de dezembro, dos 14 deputados de oposição que havia na Assembléia Legislativa de Pernambuco, nove foram cassados. Ficaram 5. Destes, Newton Carneiro aderiu à Arena e Edgar Moury Fernandes – que teve o pai, Edson Moury, cassado –, aderiu ao MDB. Eu era líder do MDB (o líder da bancada era Geraldo Pinho Alves), mas escapei da cassação. Escapei? Mera força de expressão, porque, como os militares fecharam por fim a Assembléia, na prática estavam todos cassados, embora os que, como eu, não foram banidos oficialmente, podiam continuar sua luta política.

O PRESIDENTE DA CÂMARA SE ENGANOU DE GENERAL

Com o contragosto de ver meu mandato interrompido, mas ainda assim sobrevivente, me vi forçado a retomar as bases.

Era preciso voltar a Caruaru – meu principal reduto eleitoral – para continuar movendo e promovendo o MDB.

Digo, sem nenhum sarcasmo ou afetação, que me vi líder de repente, menos por mérito (nunca tive a ilusão de possuí-lo) e muito mais pela escassez de quadros. Em suma, devido ao contexto, escravo mais uma vez das circunstâncias, tive de comandar a resistência.

Certa vez, já no começo da década de 1970, em Caruaru, tive a minha missão de preparar uma reunião – solicitada por Jarbas Vasconcelos, que trabalhava como advogado no grupo econômico de José Ermírio de Moraes, na tentativa de reconstrução do MDB, praticamente aniquilado em 1968 – com o presidente nacional do MDB, o senador Oscar Passos, um general.

O pior é que não havia em Caruaru nenhum lugar público onde pudesse realizar-se a reunião entre o general Passos, o senador José Ermírio e outras lideranças da oposição.

Usei da astúcia, da malícia, da mistificação. Visitei o presidente da Câmara Municipal de Caruaru, Severino Afonso Filho – Afonsinho, ex-goleiro do Central – e lhe informei que estavam chegando a Caruaru o general Oscar Passos e o senador José Ermírio de Moraes – e eu necessitava de um local para fazer uma reunião com eles.

– Um general? – ele me perguntou, surpreso e interessado.

– Um general. A Câmara Municipal seria um ótimo lugar para nos reunirmos com o general.

O presidente da Câmara não só nos cedeu o plenário como fez questão de promover uma sessão solene para receber, com todas as honras da casa, o general. Graças a essa criatividade entre aspas, o general, ou melhor, o senador Oscar Passos, pôde fazer a reunião do MDB em Caruaru.

Por essas e outras dá para se ter uma idéia singela de como era o quadro institucional no Brasil em fevereiro de 1970.

FUI REALISTA: SONHEI O IMPOSSÍVEL

Para os milhões de brasileiros, julho de 1970 foi a data em que o país recebia de braços abertos os heróis do tricampeonato mundial de futebol ganho no México. Primeira transmissão de Copa do Mundo ao vivo pela TV.

Claro que eu, apaixonado por futebol, também festejei. Mas havia outro jogo muito mais importante que aquele (tão matreiramente usado pelo regime militar, por meio de sua Assessoria Especial de Relações Públicas). Todos nós sabíamos que *slogans* como "Brasil, ame-o ou deixe-o" e músicas como "Pra frente, Brasil" eram instrumentos de *marketing* do governo de Médici. Um escárnio para todos os democratas que lutavam contra o jogo sujo do regime que fechara muitas assembléias legislativas, que cassava mandatos, que torturava e matava.

Foi exatamente em 1970 que as assembléias foram reabertas. Não como uma benesse do regime – não se cogitava nenhuma abertura, é claro –, mas como uma tentativa de mostrar normalidade. A mínima normalidade dentro daquela situação inteiramente anormal para o país que já completara seis anos cavando túneis e valas.

Também foi nesse ano que o jogo das circunstâncias me fez dar um salto político que eu nem de maneira remota imaginava.

A única coisa certa naquela minha curta carreira política interrompida em um ano e meio pelo regime é que eu teria dificuldades para me reeleger deputado estadual. Mas o líder comunista Paulo Cavalcanti pensava diferente. Ele sugeriu que eu fosse candidato a deputado federal.

– Se você for candidato, eu e o PC lhe daremos todo o apoio, – ele me assegurou.

Depois que me convenci de que deveria ser candidato a deputado federal, reuni-me com vários amigos, entre eles Egídio Ferreira

Lima, Jarbas Vasconcelos e Guilherme Robalinho. Todos eles entenderam minha candidatura apenas como uma aventura. Ninguém – exceto eu e Paulo Cavalcanti, é claro – entendia como viável a perspectiva. Fui para casa e disse a Márcia, minha mulher:

– Resolvi. Sou candidato.

– Fernando, nós vamos pouquíssimo a Caruaru, você está totalmente desligado, não há dinheiro, há muitos companheiros cassados, você não tem nenhuma condição.

– Não é o que você está pensando. Eu sou candidato a deputado federal.

Ela não entendeu nada. Deve ter, sensatamente, entendido que era mais do que uma aventura: uma completa loucura.

Sem dinheiro, morávamos na casa do pai dela, José Teixeira, e, além do mais, ela estava grávida de nossa segunda filha, Renata. Não havia mesmo a mínima condição de sonhar com uma candidatura, nem sequer a deputado estadual. Mas o sonho que parecia impossível terminou por se realizar. Consegui me eleger deputado federal em 1970.

Era uma situação inteiramente inesperada e nova. Brasília. Não pela cidade (que já conhecia desde 1968, quando fui participar de reuniões do MDB, onde estabeleci contato com figuras de proa como Mário Covas e Josaphat Marinho), e sim pelas novas responsabilidades, e as circunstâncias.

Assim, quase sem recursos, com o apoio dos correligionários do PC, mas sem ser comunista, me elegi para meu primeiro mandato federal. O jogo da transição estava apenas começando.

PARA QUEBRAR O REGIME

Sou um homem de sorte. E digo isso sem qualquer sombra de pretensão ou presunção com que não raro se confunde quem diz

ter sorte. Que isso de "ter" não é exato, pois ela, a sorte, é que tem cada um de nós à sua maneira única e arbitrária, nos conduzindo por caminhos de que nunca suspeitamos.

Ser deputado federal por Pernambuco era algo bem acima do que eu poderia supor, e logo naquele primeiro mandato, com o privilégio de integrar um grupo político que o jornalista Evandro Paranaguá batizou de *autêntico*. O adjetivo dizia que tipo de MDB era o nosso.

Não éramos a maioria no partido. Dos 87 deputados eleitos pelo MDB, não mais do que 15% se identificavam com as idéias dos autênticos. E que idéias eram as que nos moviam? Antes de tudo, mais do que simples oposição à ditadura, a necessidade urgente de nos libertarmos dela.

Éramos rebeldes? Dentro dos limites que o tempo e o contexto permitiam, éramos, sim, mas talvez sem o radicalismo que normalmente se associa à idéia de rebeldia. Talvez fôssemos uns sonhadores absolutamente com os pés no chão, algo inconseqüentes, mas com método, porque sabíamos, na verdade, as causas e as conseqüências de cada um dos nossos atos naqueles tempos difíceis.

O Grupo Autêntico do MDB foi a primeira tentativa sistemática e organizada de combater o regime, no campo institucional. Não de modo personalista, mas coletivo. Não pelo improviso, mas com a organicidade interna tão indispensável, embora de forma nenhuma fôssemos uniformes. Tínhamos, na nossa diversidade, os mesmos objetivos, claramente definidos. Fazíamos isso por meio de muita união, solidariedade e conversa. Sistematizando os nossos planos.

Como isso começou?

Para divulgar nossas posições, aproveitamos os seminários que o MDB organizava. Foi no primeiro seminário, no Rio Grande do Sul, em abril de 1971, organizado por Pedro Simon, que houve as

primeiras manifestações do grupo que se formava internamente. Terminado esse seminário, logo foi marcado outro, para junho do mesmo ano, no Recife, organizado por Jarbas Vasconcelos. Assim os autênticos começaram a se destacar, especialmente a partir do MDB de Pernambuco.

No Recife, chegamos a defender, pioneiramente, uma Assembléia Nacional Constituinte, verdadeira heresia para aqueles anos de ditadura a mais fechada possível.

O Grupo Autêntico foi revolucionário à sua maneira. Sem dúvida estávamos na vanguarda do processo da luta pela democracia no Brasil. Exemplos de iniciativas avançadas – além da reivindicação de Constituinte, já citada – não faltam, como o grito pela anistia, ainda em 1971.

Houve até vozes mais extremadas, como a de Chico Pinto – um nacionalista radical – e a de Lysâneas Maciel, que quis convocar na Câmara dos Deputados, no auge da ditadura, uma CPI para apurar os casos de tortura no Brasil.

A CÂMARA ERA O NOSSO "QUARTEL-GENERAL"

Os autênticos do MDB não se limitaram aos gabinetes na sua luta pela liberdade – embora fosse a Câmara o nosso "quartel-general". Para nós, democracia não era algo abstrato tirado de algum manual de estudos políticos. Tinha a ver com a vida cotidiana. Eram as pessoas de carne e osso que o regime afetava.

Um dos casos mais famosos em que o regime exerceu a sua máxima crueza foi o desaparecimento de Rubens Paiva.

Em 1971, naquele clima que misturava de modo onipresente nervosismo e paranóia, encontrei, certa vez, no setor das comissões da Câmara dos Deputados, o líder do MDB, Pedroso Horta, que integrava como membro da oposição o Conselho do Direito da Pes-

soa Humana, do Ministério da Justiça (na época, o governo tentava reformá-lo e até ampliá-lo, para diluir a força da oposição ali).

Eu era um dos vice-líderes do MDB, e como tal encontrei Pedroso Horta, justamente quando ele saía de uma daquelas reuniões. Nervoso, convocou-me ao seu gabinete. Sem dizer por que, me pediu que fosse à Vasp e comprasse uma passagem para São Paulo. Cumpri. Ele explicou: a viagem a São Paulo seria para eu perguntar pessoalmente a Eunice Paiva, esposa de Rubens Paiva, se era verdade que o ministro da Justiça, Alfredo Buzaid, tinha ligado para o seu sogro dizendo que Rubens estava vivo. Pedroso Horta desconfiava de que tudo não passava de mentira.

Viajei a São Paulo e segui à risca o que ele me aconselhou: ter cuidado com tudo. Telefonemas, por exemplo, só em cabines públicas.

Encontrei Eunice nervosa e muito desconfiada. Ao ponto de, mal começáramos nossa conversa na sua casa, ela interromper bruscamente uma frase quando sua copeira chegou à sala trazendo o café que ela pedira para nós. Na saída, avisou-me que deveria rasgar qualquer número de telefone ou endereço que trouxesse comigo. Em vez disso, preferi codificá-los, usando um sistema que aprendi com meu pai no comércio.

Infelizmente, minha viagem a São Paulo somente serviu para confirmar aquilo que já sabíamos: Rubens Paiva estava morto. Além da mentira, pudemos denunciar diversas outras arbitrariedades do regime, como a prisão de Rosalina Santa Cruz e o assassinato do seu irmão Fernando.

Mais até do que o partido, convicções ideológicas ou lideranças individuais, o que unia mesmo os autênticos era o idealismo. A luta pela liberdade no caminho natural de oposição ao regime. Era o regime que deveríamos denunciar e combater, e não sim-

plesmente o governo. Nossa luta deveria ser exercida por todos os meios, mesmo que as dificuldades tecnológicas limitassem nossa comunicação, que ia pouco além de panfletos rodados em mimeógrafos, num tempo ainda sem fax e outras facilidades. Nossa luta era de dentro para fora. No Congresso, primeiramente. E, quando podíamos, também nas ruas.

Dos meus primeiros tempos releio um perfil simpático, publicado na revista *Realidade,* do saudoso José Carlos Bardawil. "O que fazem os jovens nesta casa" é o título da reportagem, que informa logo de cara: "Dos 309 deputados federais, 42 têm menos de 40 anos. Eles estariam renovando a política?" O repórter escolheu dez desses que contavam menos de 40: Marcelo Medeiros, Rubem Medina, Marco Antônio Maciel, Nina Ribeiro, Jerônimo Garcia, Antônio Mariz, Henrique Alves, Joaquim Coutinho, Faria Lima e eu. A parte que me cabe vale como um perfil bem-humorado daquele tempo:

Lyra, o tribuno dos velhos tempos

Quando o deputado Fernando Lyra (34 anos, bacharel em direito, pernambucano de Caruaru, casado, pai de três meninas) vai ao microfone dos apartes, ou ocupa a tribuna, há, no mínimo, um movimento de curiosidade entre os parlamentares presentes às sessões plenárias da Câmara. Em apenas dois anos de atividade, Lyra conseguiu ser visto como um aspirante às glórias conquistadas em outras épocas por aparteantes temíveis, como Carlos Lacerda, oradores imaginosos como Otávio Mangabeira ou improvisadores extravagantes como Vieira de Melo. Nos apartes, mostra-se de início irônico e frio, para, logo depois, utilizar sua voz extensa e bem timbrada em todo o volume. Nos discursos, usa o claro-es-

curo veemente dos oposicionistas tradicionais e não permite que os aparteantes sequer possam desenvolver seus pensamentos, interrompendo-os a todo instante com observações sarcásticas ou simplesmente provocativas. É, talvez, entre os novos, a única vocação de tribuno já manifestada.

No entanto, um exame da carreira escolar de Fernando Lyra jamais deixaria prever um orador. Ao contrário da maioria dos seus colegas de destaque, ele não foi primeiro aluno e nem sequer um estudante aplicado. No internato do Colégio Salesiano, no Recife, era incapaz de submeter-se à rígida disciplina. Nos colégios Osvaldo Cruz e Padre Félix, nunca passou de um aluno medíocre. Tanto que não se atreveu a permanecer no Recife: findo o curso científico, voltou a Caruaru para trabalhar com o pai e formar-se, com mais facilidade, na recém-criada Faculdade de Direito da cidade.

Filho de político, Lyra desde cedo pôde participar das campanhas eleitorais do pai, em Caruaru, não demorando a mostrar virtudes em palanques eleitorais. Em 1959, quando o pai foi eleito prefeito pela UDN, derrubando a tradicional oligarquia pessedista, seus discursos – embora toscos e provincianos – já provocavam sensação. Um ano mais tarde, o jovem estudante e empresário (dirigia a empresa de ônibus do pai) participava de novos comícios, pregando a candidatura de Jânio Quadros à presidência da República.

Até então, a política, para ele, não passava dos limites de Caruaru. Sentado na poltrona do seu apartamento oficial em Brasília, por entre um cigarro e outro (fuma dois maços por dia, ou mais), confessa: "Eu não tinha qualquer idéia mais definida a respeito dos problemas nacionais. Acredito que poucos jovens em Pernambuco tivessem tais idéias. Política, para mim,

era a disputa local, mesquinha e, no fim das contas, decepcionante para quem, como eu, esperava mudar alguma coisa". Foi somente em 1965, depois da extinção dos antigos partidos, que Fernando Lyra decidiu dedicar-se à política em tempo integral: "Abria-se uma perspectiva nova no MDB, onde não estavam os velhos políticos, que preferiam a Arena. Candidatei-me a deputado estadual e convenci meu pai a voltar à política. Como candidato a deputado federal". Os dois foram eleitos, e Fernando não tardou a conseguir o título de líder da oposição na Assembléia Legislativa de Pernambuco, graças à palavra fácil, à habilidade no debate e, principalmente, à falta de quadros do MDB, depois das cassações de 1968. Em 1970, comandou a retirada dos deputados do MDB do plenário, quando da eleição indireta do governador. E mostrou outra habilidade: a de articulador político. Conversando sorridente com todos, de trato agradável e maneiras simples, foi lentamente atraindo simpatias e obtendo apoios à sua candidatura a deputado federal, agora já sem a ajuda do pai, que, desencantado, decidira deixar a política.

Elegeu-se com 38.310 votos e, tão logo chegou à Câmara, conquistou, após rápidas articulações com a cúpula emedebista, o título de vice-líder. Dois meses depois, os chefes emedebistas estavam arrependidos. Fernando Lyra aparecia como um dos organizadores do grupo "autêntico" que atacava, diariamente, pelos jornais, a cúpula "moderada" exigindo-lhe maior decisão no combate ao governo. De qualquer modo, "autêntico" hábil, a ponto de um líder moderado dizer que seu nome seria o único do grupo rival que poderia encontrar receptividade para uma eventual candidatura à liderança, "pois, afinal de contas, com o Fernando nós podemos conversar".

Político jovem, Lyra é, no entanto, um homem extraordinariamente humilde diante dos seus triunfos. Considera que sua reeleição, "como todas da oposição, será dificílima".

Rigorosamente, Fernando Lyra, esse homem gordo que agora faz regime, disciplinada e humildemente (seus 87 quilos, para 1,65 de altura, já foram 105, há dois anos), tem uma vaidade na vida: sua filha Patrícia, a mais velha, que pretende transformar na primeira política da sua região. Uma esperta garota de seis anos que já se iniciou nos palanques na campanha municipal de Caruaru, no ano passado, obtendo grande sucesso, embora se recusasse a decorar os discursos que lhe preparavam com antecedência ("Vou falar o que eu quiser", exigiu). E que já é da oposição, como o pai. Tanto que, quando conhece alguma nova amiguinha, vai logo perguntando: "Teu pai é da Arena ou do MDB?" E cria até situações constrangedoras, como recentemente, quando abordada pelo deputado arenista Homero Santos e lhe perguntou por que dispunha de carro oficial. "Porque sou vice-líder", respondeu-lhe o deputado. "Mas meu pai é vice-líder e não tem carro oficial". Homero Santos explicou, sorridente: "Bem, eu sou vice-líder da Arena". E a menina: "Ah, sim".

Revista *Realidade,* p. 20, maio de 1973, texto de José Carlos Bardawil.

COMO CRIAMOS A ANTICANDIDATURA

A Constituição de 1967 definiu o país que interessava aos ditadores. Lendo-a simplesmente, porém, não seria possível a alguém que não conhecesse o contexto perceber a fundo o alcance de certas limitações. Por exemplo, a eleição de presidente da República. O artigo 75 definia as condições de elegibilidade: ser brasileiro nato; estar no exercício dos direitos políticos; ser maior de trinta e cinco anos. Apenas isso.

A maioria certamente poderia cumprir a primeira e terceira condições. O problema era mesmo a segunda – estar no exercício dos direitos políticos (com tantos cassados, perseguidos, exilados). Mas havia uma quarta exigência, não escrita, mas indispensável: ser militar, do grupo dominante.

Embora a lei não vetasse a possibilidade de um civil vir a pôr uma candidatura a presidente, o contexto – que é soberano na maioria dos casos – inviabilizava tudo. A votação para presidente, como definia a Constituição, era realizada de forma pública, mas por via indireta, utilizando o instrumento criado para aquele insólito sistema que, na falta de melhor expressão, poderia ser definido como "a democracia da ditadura": o Colégio Eleitoral.

O processo tinha certa complexidade (o Colégio Eleitoral era composto dos membros do Congresso Nacional e de delegados indicados pelas Assembléias Legislativas dos Estados – eram três para cada uma, e havia mais no caso de o número de eleitores inscritos suplantar 500 mil. Na prática, tudo muito simples: elegia-se quem o regime previamente definia. A democracia da ditadura não passava de um jogo de cartas marcadas.

Nós, os do Grupo Autêntico, resolvemos nos aproveitar daquele instrumento antidemocrático para miná-lo, rachá-lo, dividi-lo ou, ao menos, expor as suas brechas e desagregações internas. Até que ele se quebrasse de vez.

No dia 14 de julho de 1972 não derrubamos nenhuma bastilha, mas conspiramos contra o Colégio Eleitoral. Iríamos usar a arma do inimigo contra o inimigo. O Grupo Autêntico sabia que, com aquela iniciativa, extrapolava o limite das articulações apenas internas.

Lembro-me bem de como foi. Estávamos Chico Pinto e eu no gabinete do deputado Paes de Andrade. Chico Pinto teve a idéia de lançar um candidato militar (mas de oposição) no Colégio

Eleitoral. Apoiar outro candidato militar de uma linha diferente – por exemplo, um nacionalista convicto – seria uma maneira de romper a hegemonia do sistema.

A idéia foi ganhando mais fôlego ainda depois de um discurso de Pedroso Horta exteriorizando a necessidade de outro militar candidato. Supondo que o candidato do governo não agregaria todo o regime, lembrou o nome de Ernesto Geisel.

ULYSSES DESCUMPRE ACORDO E LEGITIMA GEISEL

Articular um militar de oposição foi impossível, por mais que Chico Pinto, Marcos Freire e outros tentassem.

Partimos, então, para outra idéia. Lançar um anticandidato, e pensamos em Barbosa Lima Sobrinho. Atento, inteligente, pragmático e com senso de oportunidade, como sempre foi, Ulysses Guimarães pegou carona no processo, conseguiu articular sua "anticandidatura" e, de repente, nos vimos na obrigação de apoiá-lo. A partir daí, a anticandidatura passou a ser muito diferente do que pensávamos, com alcance mais limitado.

A estratégia que melhor nos servia – usar um militar e não um civil da oposição – se mostrou inviável na prática. Por isso, o correto, a partir desse momento, seria fingir que concorríamos, mas, às vésperas, renunciar à candidatura, para denunciar à opinião pública o quanto era espúrio aquele instrumento inventado pelo regime. Ulysses, no entanto, descumpriu o acordo assumido conosco, levou a candidatura até o fim e legitimou-a a partir da reunião do Diretório Nacional, que ratificou sua idéia de ir ao Colégio Eleitoral, contra a opinião dos Autênticos.

A esse respeito, Chico Pinto tem um depoimento que vale a pena transcrever na íntegra (está no livro de Ana Beatriz Nader *Autênticos do MDB: Semeadores da democracia*):

"Na sucessão de Médici, eu pessoalmente tentei convencer o Grupo (embora alguns reagissem) sobre a importância do MDB ter candidato próprio, e que falasse, também, para um auditório mais amplo, como para as Forças Armadas. Entendia que era necessário afastar preconceitos e criar novos aliados dentro da própria fortaleza do governo. Ou seja, deveríamos ter um candidato militar, nesta área. Depois de alguns contatos em vão – somente um coronel da ativa topou, e entendíamos que melhor seria um general –, mais tarde, eu, Marcos Freire, Fernando Lyra e outros procuramos o jornalista Barbosa Lima Sobrinho, pernambucano, que morava na cidade do Rio de Janeiro. Ele aceitou disputar a Presidência da República, pelo MDB.

"Quando Ulysses soube que Barbosa Lima aceitara o convite mudou repentinamente de posição, lançando-se candidato, embora fosse contrário à tese do MDB ter candidatura própria. Foi ao Rio, com Nélson Carneiro e Amaral Peixoto, à procura de Barbosa Lima, com o propósito de convencê-lo a ser o seu vice. Barbosa aceitou para manter a unidade do partido."

Resolvemos, então, protestar em bloco, não só contra o regime, mas contra Ulysses, e, no dia da eleição, o placar anunciou os votos para Geisel (Arena), para o candidato do MDB e destacou a ausência dos membros do Grupo Autêntico (23) – contra ambos. Isso repercutiu até fora do país. Lembro-me de ter ouvido a notícia do resultado da eleição pela BBC de Londres. "Candidato da Arena: general Ernesto Geisel: x votos; candidato do MDB: Ulysses Guimarães y votos; Oposição: 23 votos.

Com aquilo, a luta contra o regime entrava numa nova etapa. Estava preparado o terreno para novos avanços e conquistas

da oposição. A liberdade, nós sabíamos, não viria de um golpe, mas como uma conquista, dia a dia, passo a passo.

ELEIÇÃO DE 1974 CONSOLIDA FORÇA DA OPOSIÇÃO

O Grupo Autêntico foi, sem dúvida alguma, o que de mais avançado houve no Brasil na oposição ao regime militar, na primeira eleição depois do AI-5, em 1970. Esse pequeno grupo de deputados conseguiu transformar o MDB, um partido fabricado e imposto pelos militares, numa autêntica frente de resistência, no estuário da redemocratização.

Não é exagero reafirmar que, antes da OAB, da Igreja e de qualquer ação sindical, foi daquele grupo que surgiu o primeiro movimento real contra a ditadura militar. Através da Câmara dos Deputados. Digo especificamente a Câmara, e não o Congresso, porque, na época em que o Grupo Autêntico se tornou o embrião daquilo tudo, não havia poucos senadores que nos ouviam, tanto que só me recordo de Josaphat Marinho, da Bahia, que se transformou no nosso candidato à presidência do MDB contra o doutor Ulysses Guimarães.

A primeira rebelião explícita foi a anticandidatura, em 1974. Mas ninguém pense que o regime estava fraco nem se abrindo. Ao contrário. Estava mais arrogante e autoconfiante naquele momento. Não imaginavam os militares que fosse possível uma reação popular. O regime, no entanto, apresentava suas divisões, e a própria eleição do general Geisel já sinalizava a coesão interna precária, a inexistência de unidade na base deles.

O regime começava a se fracionar. Não tenho dúvida de que a anticandidatura serviu para evidenciar isso. Mas o choque veio no fim do mesmo ano, com as eleições. Uma década depois do golpe militar, o MDB elegeu senadores de 16 Estados entre os 22

postulantes. Houve quem dissesse, com razão, que aquilo fora um recado do povo ao governo, como se em um plebiscito.

É verdade que, antes, em 1968, já haviam ocorrido muitas manifestações de rua (que resultaram no endurecimento do regime com o AI-5, sob o pretexto de que o Congresso se opunha à cassação de Márcio Moreira Alves), mas, no plano institucional, a eleição de 1974 é que se constituiu no verdadeiro divisor de águas. E, como em 1968, o regime reagiria com uma resposta dura.

RECOMEÇAM AS CASSAÇÕES, BOMBAS EXPLODEM

Quando se fala em golpe no Brasil as referências são sempre as mesmas: avanço de tanques, prisões, torturas, cassações. No entanto, há outros golpes dentro do grande golpe que são tão importantes ou mais eficazes do que esses mais explícitos e violentos. São os golpes sutis, ocultos, frutos da inteligência e da astúcia do regime. Não menos perigoso que pôr tanques nas ruas é mudar leis para atender objetivos espúrios.

O governo, na sua abertura "lenta, gradual e segura", foi criando mais e mais instrumentos de golpe dentro do golpe. Combinava a força das armas com a manipulação da lei.

Por exemplo, a chamada Lei Falcão, por exemplo, de 1976, calou os candidatos no rádio e na TV com o objetivo claro de evitar discursos e alguma empatia entre o que os oposicionistas dissessem e a vontade popular. E havia os estranhos decretos secretos. Em 1975, o governo assinou um acordo nuclear com a Alemanha, mas, exceto aqueles que o firmaram, ninguém soube, até hoje, dos detalhes. Foi um dos muitos "decretos secretos" emitidos naquele mesmo ano em que o ministro da Justiça enviou circular aos governadores proibindo as reuniões públicas e em que o jornalista Vladimir Herzog foi "suicidado" por aqueles a serviço do DOI-Codi.

Se 1974 parece ter sido o ano do maior avanço das oposições, uma década depois do golpe, 1976 marca o reinício das cassações e a suspensão dos direitos políticos daqueles que o regime visse como "elementos" potencialmente ameaçadores. Por coincidência, todos da oposição, e sob os mais diversos pretextos.

Também é bom lembrar que, logo na posse do general Geisel, o deputado Francisco Pinto fez um pronunciamento condenando o general Augusto Pinochet, presidente do Chile, presente à solenidade. O governo não cassou seu mandato, mas fez uma representação ao Supremo Tribunal Federal que, infelizmente, em total conivência com o regime, suspendeu seus direitos políticos, e o levou à prisão.

Foi assim em 1976, com Marcelo Gatto e Fabiano Sobrinho (do PMDB de São Paulo), Nadyr Rosseti e Amaury Müller (do Rio Grande do Sul) e Lysâneas Maciel (do Rio de Janeiro). Esse foi um ano que ficou na memória também como aquele em que bombas de militantes da extrema-direita explodiram na sede da OAB e do Cebrap.

Tudo isso culminaria com a cassação, no ano seguinte, do líder do MDB na Câmara dos Deputados, Alencar Furtado, depois de pronunciamento que fez no programa do MDB na televisão, no dia 4 de julho de 1977. A cassação de Alencar Furtado não me sai da memória. Nem esta carta que ele me escreveu:

Caro Fernando Lyra:

No momento em que o arbítrio arrebata-me o mandato parlamentar dirijo-me a você – meu caro deputado Fernando Lyra – para oferecer-lhe o testemunho da minha gratidão por tantos episódios vividos em comum em favor do povo brasileiro. Você compôs o mais importante colégio de vice-líderes da Câmara dos Deputados, o qual, com muita honra, presidi, na

qualidade de líder da valorosa bancada federal do MDB.

Nas horas difíceis, sempre encontrei você na linha de frente, lutando a boa luta, sonhando com a democracia política e a democracia econômica, enfrentando a prepotência, arriscando o mandato, arriscando a carreira, prestigiando Pernambuco nos lances maiores da vida pública brasileira.

E aqui, num parêntese, é bom que se diga: deputado da oposição que não se arrisca, deputado não é, mas simplesmente um empregado que recebe salários indevidos.

Nos momentos de decisão, sempre lhe vi decidido; nos instantes de ação, sempre você agiu.

Como vice-líder do MDB na Câmara dos Deputados, você sempre foi o conselheiro mais íntimo, o articulador experimentado cuja habilidade todos proclamavam, o amigo certo e leal e o deputado arguto, inteligente e combativo de cuja capacidade não poderá prescindir o Congresso Nacional.

Alencar Furtado

QUANDO MUDAR QUER DIZER FICAR DO MESMO JEITO

Uma coisa era certa no jogo político na segunda metade da década de 70: por mais que se avançasse na resistência ao regime militar (os partidos, as associações, a própria sociedade no seu conjunto), o governo criaria novos obstáculos à redemocratização, de modo a adiar o máximo possível a transição democrática.

O regime estava fazendo isso, ora de maneira engenhosa e ardilosa – introduzindo mudanças na legislação –, ora de forma mais bruta e cruel, como o recomeçar das cassações políticas e os mais radicais processos de tortura e assassinatos.

Mudar era um verbo que o governo conjugava à sua maneira: mudava a legislação, por exemplo, para impedir vitórias não deseja-

das e eliminar mandatos legitimamente conquistados. Isso era a sua maior eficácia. Quando achava pouco, endurecia o discurso e a ação.

No entanto, o processo de retorno à democracia no Brasil se tornara irreversível. O governo talvez soubesse disso, e reagia. Medidas extremas como as cassações poderiam fortalecer ou ao menos servir de estímulo renovado à luta democrática porque, àquela altura, segmentos importantes da sociedade trabalhavam explicitamente pela abertura.

Nesse tempo houve um fato da maior importância: o governo mandou um projeto de reforma do Judiciário para ser votado na Câmara dos Deputados. O MDB se posicionou contra. Para isso foi decisivo um pronunciamento do senador Paulo Brossard, na convenção, que convenceu a maioria.

A reação não demorou a vir. Aliás, já havíamos até nos acostumado com as respostas do governo cada vez que a sociedade avançava. Era uma constante: ação e reação. Nesse caso, a conseqüência direta foi que o governo editou o "Pacote de Abril", que na sua elaboração teve a participação de vários líderes, entre eles, de modo destacado, o pernambucano Marco Maciel, então presidente da Câmara.

Como presidente da Câmara ele agiu de modo não condizente, engendrando o pacote que fecharia o Congresso. A "verdade" que sempre fora o "dom de iludir" do governo tirava mais uma de suas máscaras, na forma do Ato Complementar nº 102, que, em consonância com o AI-5 (de 13 de dezembro – dia de Santa Luzia, padroeira dos cegos – de 1968), definia no seu artigo primeiro: "Fica decretado o recesso do Congresso Nacional."

Mais uma ironia histórica: do mesmo modo que o golpe ocorrera no dia que o povo escolheu para dia da mentira, o pacote que fechou o Congresso também estava datado de 1º de abril.

O objetivo era claro. O que o governo não conseguia pelo voto – coisa que vinha sendo demonstrada desde 1974, com a vitória expressiva do MDB em todo o país – forçava com casuísmos, para fortalecer o seu partido – a Arena – e conseguir de volta a hegemonia.

Entre outras medidas do pacote de reformas, definia-se que o quorum exigido para mudar a Constituição passava a ser de maioria absoluta (que o governo detinha) e não mais de dois terços.

Com isso, os militares reformaram o Judiciário (só precisaram de 14 dias, depois de fechado o Congresso, que a isso se opunha), e, de quebra, determinaram a manutenção das eleições indiretas para os governos estaduais. Aumentaram também os colégios eleitorais, para evitar surpresas desagradáveis.

O Brasil parecia o país dos antípodas. Enquanto o Congresso impedia uma reforma casuística no Judiciário, o governo o fechava, sob o argumento de que haveria uma "ditadura da minoria", no Congresso, é claro. Não precisou de mais que um dia para fechá-lo, e pôde realizar as reformas que queria.

A Arena, que não tinha apoio popular, recebia do Estado oxigênio artificial. Mesmo assim, o MDB continuou o seu crescimento, especialmente em São Paulo.

A "tecnologia" política do governo, no entanto, não tinha descanso, e o Pacote de Abril possibilitou que alcançasse até a biônica. Assim é que foi criado o "senador biônico", sem necessidade de votos, escolhido diretamente pelo governo.

QUANDO PERDER EQUIVALE A VENCER

O Pacote de Abril instituiu o senador biônico e também mudou a conjugação de forças no Colégio Eleitoral, dando aos Estados menores, principalmente do Norte e do Nordeste, a mesma

proporcionalidade dos grandes Estados. Por que isso? Porque a oposição avançava sobretudo no Sul e no Sudeste.

Estamos em 1978. Em Pernambuco, foram candidatos ao Senado Nilo Coelho e Cid Sampaio. Graças à sublegenda, restaurada no Pacote, eles se elegeram. O mais importante, porém, foi a vitória moral do candidato das oposições, Jarbas Vasconcelos, que, se não houvesse a soma dos votos dados ao governo, teria sido legitimamente eleito.

Costumo dizer que essa foi a grande derrota vitoriosa. A de Jarbas. Muito importante essa vitória moral muito importante naquele período de árdua resistência ao regime.

Outra coisa que o governo fez foi adiar as eleições para os governos estaduais. Previstas inicialmente para 1980, só iriam acontecer em 1982. Outro golpe: aumentou de quatro para seis anos o mandato do próximo presidente da República, a ser eleito no Colégio Eleitoral que o governo manobrava. Fez mais o regime militar: prorrogou os mandatos dos prefeitos.

O projeto era continuísta, sob a aparência de renovação, com as eleições. O governo que revogava o AI-5 era o mesmo que proibia as greves, cassava, prendia, torturava, matava.

Foi assim que chegamos às eleições de 1978. Por mais que o governo se munisse de todas as armas disponíveis (ou que decidisse inventar), a oposição continuou avançando. Até mesmo nas eleições majoritárias para o Senado.

Ao desgaste do regime, já evidenciado em 1974, com a vitória expressiva do MDB, vieram se somar, para enfraquecê-lo ainda mais, a sua divisão interna – existente, aliás, desde o golpe, em 1964 – e a deterioração econômica do país.

Se o governo Castelo Branco tinha escolhido o pretexto de livrar o Brasil do perigo vermelho, esse perigo era menor para o

contexto externo. O quadro geral era de distensão. Poderíamos, no entanto, entender a palavra distensão com o sentido ainda mais metafórico do que o empregado pelo regime. A realidade brasileira era de distensão, mas talvez naquele sentido usado nos esportes: "repuxo ou deslocamento de um tecido ou órgão (músculo, ligamentos, nervo etc.); estiramento".

A política é feita de ação e de palavras. As expressões que se popularizam não só definem um tempo, explicam melhor os contextos. Os militares criaram algumas pérolas que definem as contradições daquele regime. "Democracia relativa" é uma delas. Mais famosa ainda é aquela abertura "lenta, gradual e segura", possível graças à "distensão" que vivíamos.

O regime se distendia. E cedia espaço, não por generosidade, mas porque já não podia tanto mais. E logo inventou um novo casuísmo para que a conquista anterior não implicasse um avanço maior da oposição. E foi assim com uma antiga reivindicação nossa: a anistia.

O governo – já o do general Figueiredo, que, não gostando de governar, foi, entre os militares, quem mais tempo ficou no poder, definiu a anistia em 1979 do modo que interessava ao regime. Não a ampla, geral e irrestrita do nosso desejo.

Em 1982, chegamos finalmente às eleições para governador. Em Pernambuco, elegeu-se Roberto Magalhães (graças à vinculação do voto – do governador ao vereador, um voto discordante dos partidos das seis candidaturas não anulava a discordância, anulava a maioria), surpreendendo a todos os que davam como certa a vitória do senador Marcos Freire. Em compensação, São Paulo elegeu Franco Montoro, Rio de Janeiro deu a vitória a Leonel Brizola, Minas Gerais finalmente fez justiça a Tancredo Neves, e o governador do Paraná passou a ser José Richa.

O REGIME SE APROXIMA DO FIM, MAS RESISTE

No livro O *governo Castelo Branco*, Luiz Vianna Filho, que nesse governo foi o chefe da Casa Civil e ministro da Justiça, fala da escolha de Castelo para primeiro presidente do regime militar:

"Chegou a hora das cartas na mesa, e os políticos começaram a reunir-se no Laranjeiras e no Guanabara. Tateavam quanto ao rumo, embora as conversas apontassem preferências militares por Castelo Branco. Em novembro, o deputado Tancredo Neves, que fora ministro de Getúlio Vargas, dissera a um grupo de jornalistas:'Se houver alguma complicação maior neste país, o nome que vai surgir como estrela de primeira grandeza não é o de nenhum desses generais que andam dando entrevistas. Quem vai aparecer é o do chefe do Estado-Maior do Exército, general Castelo Branco.' E acrescentara tratar-se de esclarecido reformista. Fizera-se profético."

O que é necessário acrescentar é que Tancredo – velho pessedista conservador, moderado, conciliador – não votou em Castelo Branco, por mais que tentasse persuadi-lo a isso o também mineiro Juscelino Kubitschek (que terminaria cassado pelo regime, apesar de haver votado em Castelo).

A eleição de Tancredo ao governo de Minas era um sonho seu adiado por vinte anos (em 1960 ele havia perdido a eleição para Magalhães Pinto). O nosso sonho também tinha quase vinte anos: a democracia para todo o Brasil.

Deputado do MDB moderado, Tancredo era do grupo oposto ao que eu integrava, o dos Autênticos.

Em 1979, com a reforma que permitiu ao Brasil voltar ao multipartidarismo, ele fundou e passou a presidir o Partido Popular, o PP. Mas foi já quando o PP se reincorporou ao PMDB, de onde surgira, que ele se tornou candidato e logo eleito governador.

Embora eu quase sempre fizesse oposição a Tancredo e estivéssemos em lados opostos, comecei a vislumbrar, no quadro político daquele momento, o seu nome como o que reunia melhores condições para ser o candidato das oposições e pôr fim ao ciclo de presidentes militares.

Com essa idéia na cabeça viajei a Minas Gerais, em março de 1983, para assistir à sua posse.

COMO DECIDIMOS VOLTAR AO COLÉGIO

Toda decisão pessoal é até certo ponto solitária. Muitas delas envolvem riscos. Quando eu me decidi por Tancredo Neves, partia do sentimento e da intuição, e também da percepção e da tentativa de objetivar uma solução definitiva para a transição democrática.

Enquanto meus colegas foram à posse dos diversos governadores em seus Estados, alguns mais identificados com a oposição – como José Richa, Franco Montoro e Leonel Brizola –, a verdade é que fui praticamente sozinho à posse de Tancredo Neves, em Minas.

Eu era nesse tempo primeiro-secretário da Câmara e, por ironia, com os votos todos da bancada liderada por doutor Tancredo, contra mim. Explico: dos 30 votos dos deputados de Minas Gerais só obtive cinco. Levei, portanto, uma grande "surra" mineira. Mas, naquela ocasião, entendi que o contexto histórico exigia que eu fosse a Minas.

Vi em Tancredo Neves um político capaz de superar as divergências internas do PMDB e conquistar apoio em todas as áreas. Ele era o meu candidato, independentemente de a eleição ser por via direta – como queríamos – ou ainda pelo Colégio Eleitoral. Eu trabalhava com as duas possibilidades. Mas, como conhecia bem a Câmara dos Deputados, nunca acreditei na vitória da campanha das "Diretas". Porque, diante das vinculações e da des-

proporcionalidade do Colégio Eleitoral, a emenda constitucional dificilmente passaria.

Não tive, portanto, nenhuma ilusão. Haveria duas pressões: uma da força das ruas, em todo o país, e outra do regime. Devedores, cativos, alinhados ou interessados em sua barganha, muitos deputados no fim ficariam com o governo e a manutenção de sua ordem: as eleições para presidente da República continuariam a ser como em 1967: pelo Colégio Eleitoral.

Além disso, eu não via nenhuma diferença na legitimidade de Tancredo, vencesse ele no Colégio ou pelo voto direto. O povo o queria presidente. Quanto ao regime, o Colégio Eleitoral era o mesmo – forma de manter a ditadura e as aparências daquela "democracia relativa", na definição de um general. Mudara, porém, o contexto do Colégio Eleitoral. O governo sempre o utilizara para legitimar o ilegítimo, para iludir a opinião pública, inclusive a internacional.

O que mudara em mim, que antes me opus a que Ulysses fosse ao colégio, em 1974? Em mim, nada, mas no contexto político, muito. Eram quase dez anos depois daquele em que entendi que só um militar poderia ser uma arma eficaz para quebrar o regime dentro do regime, ou seja, candidatando-se como oposição no Colégio Eleitoral. Agora, a história era outra.

Em 1974 seria impossível a qualquer candidato do nosso lado – excetuando-se um militar – ao menos sonhar eleger-se presidente pelo Colégio Eleitoral. Mas agora a situação nos favorecia e, o mais importante, não haveria nenhum militar na disputa.

Outra razão era que o provável vencedor do governo não teria jamais a totalidade ou, ao menos, a maioria dos votos da Arena, agora PDS. Havia uma divisão muito clara no governo, que tinha mais de um candidato e, de certa maneira, nenhum. O

presidente Figueiredo não apoiava ostensivamente Maluf, mas não o reprovava de público, e muito menos lançava outro em seu lugar. Nem se decidia por um novo golpe, que seria o prolongamento do seu já prolongado mandato, como queriam alguns.

A divisão ficou bem explicitada já na convenção do PDS. Maluf ganhou bem, mas não levou a maioria dos que votaram em Mário Andreazza. Não havia consenso na direita. Tínhamos que consegui-lo do nosso lado.

POR QUE ESCOLHI TANCREDO

Após a criação do voto vinculado, em 1981 começou a haver um movimento de incorporação do PP, então criado por Tancredo e Magalhães Pinto) ao PMDB, que possibilitou as eleições fundamentalmente de Montoro, José Richa, Pedro Simon e Tancredo.

Em Pernambuco, perdêramos a eleição, em 1978, entre outras razões pela falta de mais um senador.

Penso que a transição democrática começou a se efetivar em 1982, com a eleição dos governadores. Dez deles assinaram, em 1983, um manifesto pedindo a volta das eleições diretas para presidente da República.

Decidida a luta pelas eleições a presidente, a primeira coisa que fiz foi escolher o meu candidato, porque entendia que tínhamos de ter um bom nome para comandar o movimento.

No que pese o meu respeito pelo doutor Ulysses – elemento fundamental no processo de abertura – ele não fora o meu candidato nem na época da anticandidatura no Colégio Eleitoral.

Tancredo Neves cumprimentando Fernando Lyra

Ulysses era, como já disse noutras ocasiões, um radical por fora e um conservador por dentro. Eu preferia alguém mais uniforme e coerente, que também reunisse grande competência política. Foi por isso que escolhi Tancredo Neves como meu candidato a presidente da República. Ao contrário do doutor Ulysses, ele era todo moderado, interna e externamente, mas de uma coerência absoluta.

Se houver alguma verdade nos estereótipos que costumam ser associados aos políticos mineiros, Tancredo cumpre aqueles que o faziam sutil, ardiloso, sedutor e com a aparência de ambivalente em muitas ocasiões, mas decidido e corajoso sempre.

De 1971 (ano da minha estréia na Câmara) até 1977 ele passou quase despercebido na Comissão de Economia da Câmara, trabalhando nos bastidores, e, de certa forma, ligado a Thales Ramalho e Renato Azeredo. Mas sem nenhuma participação maior no cenário nacional.

Creio que doutor Tancredo ficara excessivamente cauteloso, desde que perdeu a eleição em 1960. Não se expôs em 1974, e por isto o candidato a senador por Minas Gerais foi Itamar Franco, prefeito de Juiz de Fora. Tancredo teria sido eleito naquela ocasião com grande facilidade. Mas preferiu não ir para o "sacrifício".

ULYSSES NUNCA FOI MINHA OPÇÃO

Além de Tancredo Neves, a única opção que as oposições tinham para lançar como candidato à Presidência da República seria Ulysses Guimarães. Ele era um postulante fortíssimo, mas não contava com o apoio da maioria dentro do partido.

Entre os dois, sempre achei o mineiro o mais coerente. Ao contrário de Ulysses, ele não legitimou Castelo Branco, por exemplo. Foi o único deputado do PSD que não votou no marechal na eleição, no Congresso, quinze dias depois do golpe militar de 1964. Ulysses, aliás, também contribuíra para legitimar o Colégio Eleitoral quando rompeu um acordo que fizera com o Grupo dos Autênticos – de renunciar às vésperas da eleição – e levou até o fim a sua anticandidatura, que transformou em convencional candidatura.

Tancredo era para mim quem representava o maior fortalecimento da oposição e a consolidação de uma transição democrática

sem traumas. É possível que não tenha sido o único a perceber isso – a acreditar em seu nome como o mais forte à sucessão de Figueiredo (havia muitos tancredistas de "carteirinha") – mas fui eu efetivamente quem lançou a sua candidatura.

Quando escolhi assistir à posse de doutor Tancredo em Minas, ele se surpreendeu com a minha presença (não tínhamos maiores afinidades, naquela época, como já disse). Usei como pretexto o fato de ele haver escolhido para seus secretários seis deputados federais. Eu estava ali, portanto, para uma tripla celebração: do novo governador, dos novos secretários e dos novos deputados que eram suplentes e ascenderam. Essa serviu como a razão explicitada da minha presença. A política era outra.

No dia seguinte à posse, doutor Tancredo me convidou para almoçar no Palácio das Mangabeiras. Estavam presentes o almirante Faria Lima, ex-governador do Rio, o banqueiro Walter Moreira Salles e o deputado pernambucano Sérgio Murilo.

Depois do almoço, chamei doutor Tancredo para uma conversa reservada, e disse-lhe que estava ali com o objetivo de lhe comunicar que ele era, a partir daquela data, meu candidato a presidente da República. Ele não me disse nem sim nem não. Deu um suspiro mineiro e me lembrou um sonho que alimentara durante toda a vida, e que todos conheciam:

– Fernando, faz vinte anos que perdi a eleição para governador. Meu sonho sempre foi ser governador de Minas e, agora que o realizei, pretendo continuar mantendo esta realização até o fim do meu mandato. Como é que você me vem agora com uma idéia dessas?

– O senhor pode até achar agora que é uma loucura minha, mas jamais diga que não é candidato.

Ele assentiu. À maneira dele, é claro. Tanto que, em sua primeira visita à Sudene, no dia 27 de março – na verdade, como

primeiro governador da oposição a participar de uma reunião do Conselho da Sudene –, me telefonou convidando-me a ir com ele. E assim o fiz. Certamente ninguém entendeu por que chegamos juntos lá. E só quem nos esperava no aeroporto era meu pai, João Lyra Filho. Quem poderia imaginar que eu já escolhera o meu candidato e lhe tinha dito isso? Era algo novo naquele momento em que ainda nem sequer se falava em eleições para presidente.

    Comecei então a fazer contatos na Câmara. A articular. A conspirar a favor de Tancredo. E, em junho de 1983, anunciei

*Tancredo Neves
e Ulysses Guimarães*

minha opção publicamente. Revelei, em entrevista ao jornalista Carlos Monforte, no programa *Bom-dia, Brasil*, da TV Globo, que o doutor Tancredo de Almeida Neves era meu candidato a presidente da República.

POR QUE AS DIRETAS NÃO FORAM APROVADAS

Muita gente me pergunta por que, com tanto apoio, mesmo dos que estavam no governo, a campanha pelas eleições diretas para presidente da República não obteve sucesso.

Antes de tudo, é preciso lembrar que o número de votos necessários para a emenda sair vitoriosa era de dois terços do Congresso. Dadas as circunstâncias e a composição do Congresso naquele momento, mesmo que ela houvesse passado na Câmara certamente não passaria no Senado.

Na Câmara dos Deputados fui eu que procedi à chamada nominal dos deputados, e fiz questão de deixar bem claro quem votava a favor, quem votava contra e quem estava ausente. Defini um método para explicitar bem isso: chamava o nome do deputado três vezes – até para assinalar as ausências.

Sofremos toda sorte de pressões na Câmara. Fui convidado por Monforte a conceder uma entrevista ao *Bom Dia, Brasil*, no dia da votação – 24 de abril – porque era o primeiro-secretário da Câmara e ia fazer a chamada dos deputados.

Já na véspera da entrevista, Monforte me ligou e me avisou que ia ser decretado estado de emergência no dia da votação das diretas e ele não teria como fazer o *Bom Dia* em Brasília porque

o SNI tinha proibido. E tivemos que ir a Belo Horizonte para realizar a entrevista.

O clima no governo – de medo e intimidação – contrastava com o das ruas – de euforia e esperança.

As "Diretas" haviam tomado conta do espírito do povo brasileiro. Mas a verdade é que o Congresso não representava a opinião pública e, para ser sincero, até hoje não representa. Porque uma coisa é a eleição, outra é a atuação parlamentar. Dificilmente – a não ser para quem tem ideologia – a atuação corresponde ao que deseja o eleitor, e costuma se chocar com o que o candidato prometeu na eleição.

*Nas páginas anteriores, Fernando
Lyra e Cristina Tavares no plenário
da Câmara.
Em página inteira,
Fernando Lyra com o deputado
Albérico Cordeiro, durante reunião
da Constituinte.
De costas, o então deputado
Mansueto de Lavor.
(1988).*

Fernando Lyra no Congresso Brasileiro do Socialismo Democrático, presidido por Leonel Brizola. (Brasília, 1988). Aqui, com Fernando Henrique Cardoso, no Congresso Nacional.

*Na página dupla anterior,
Fernando Lyra com Magalhães Pinto,
Flávio Marcílio, a jornalista Amália Maranhão,
Nícia Marcilio e o deputado João Herrmann.*

*Nesta página, o deputado Lyra
na tribuna da Câmara e, página seguinte,
na abertura da Assembléia Nacional
Constituinte, presidida pelo presidente do
Supremo Tribunal Federal, na votação
do presidente da Constituinte (fevereiro de 1987).*

Fernando Lyra e Ulysses Guimarães no plenário da Câmara depois da eleição que elegeu Ulysses presidente. (1987)

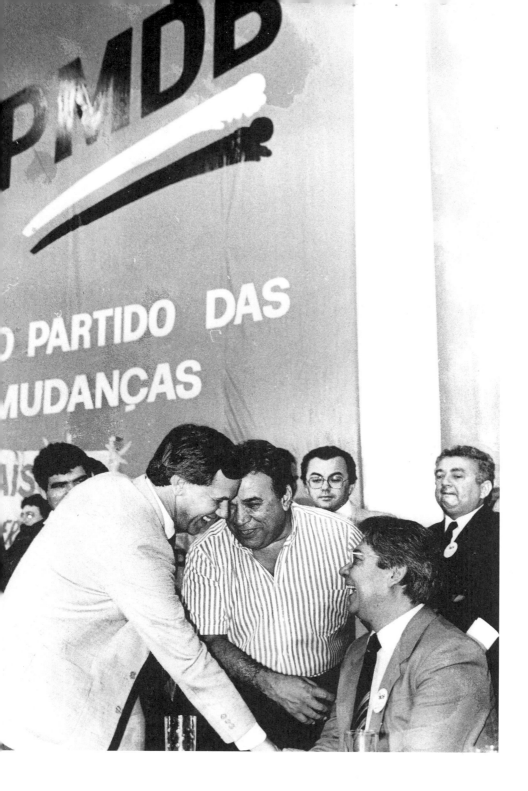

Na página inteira,
Fernando Lyra com Mário Covas,
em encontro do PMDB,
Aqui, com Fernando Henrique.

Na página inteira, Fernando Lyra com Aécio Neves.
Nas fotos acima, com o então governador Tancredo Neves,
almoçando no Hotel Nacional em 1983, numa ida do governador
a Brasília, e, na Câmara, com Aureliano Chaves.

Manifestação popular em Caruaru em 18 de maio de 1985, aniversário da cidade. Na foto, aparece o prefeito José Queiroz.

Na antevéspera da posse de Tancredo, em cerimônia promovida pela revista Manchete, Tancredo, jornalista Carlos Chagas e Fernando Lyra.
Atrás, entre outros, Paulo Flecha de Lima, futuro secretário-geral do Ministério das Relações Exteriores.

Fernando Lyra e Tancredo Neves, no escritório do presidente eleito, na Fundação Getúlio Vargas – Brasília, início de 1985. Acervo pessoal de Fernando Lyra, Ministério da Justiça.

*Da esquerda para a direita: Paulo Brossard, Fernando Lyra,
Humberto Lucena, Ulysses Guimarães
e, atrás, de óculos, o deputado Jorge Uequed.
Ministério da Justiça, 1985.*

Fernando Lyra e Mário Soares, então primeiro-ministro de Portugal. 1985.

*Tancredo, eleito, visitando o presidente da Câmara, Flávio Marcílio,
acompanhado por Fernando Lyra.*

Da esquerda para direita: o presidente do Senado, Humberto Lucena, Paulo Brossard, Fernando Lyra e Ulysses Guimarães. Atrás, Pimenta da Veiga, José Richa e Fernando Henrique Cardoso. Ministério da Justiça.

ENTREVISTA
Fernando Lyra

O bom negócio do poder

Para o deputado Fernando Lyra, quem está na oposição será governo num regime nascido da negociação

por José Carlos Bardawil

Há dez anos, uma simples caminhada do deputado Fernando Lyra em direção ao microfone de apartes da Câmara causava, no mínimo, um movimento de expectativa entre seus pares. Ele era, talvez, o tribuno mais temido da oposição. Com seu ar de humilde e despretensioso caboclo nordestino, começava o aparte numa voz quase ciciante e melancólica. Logo, porém, estava investindo sobre o interlocutor, a plenos pulmões, exibindo inesperada potência vocal e argumentos destruidores. Quase sempre, diga-se, temperando-os com corrosivo sarcasmo, que deixava perplexos os líderes governistas.

Hoje, Lyra só muito raramente freqüenta o plenário da Câmara. Ele prefere a conversa política ao pé do ouvido, tendo-se notabilizado, nesses últimos meses, pelas suas qualidades de articulador muito ouvido entre os colegas. "O processo mudou", explica esse pernambucano de 44 anos, atualmente exercendo a primeira secretaria da Câmara. "A oposição daquela época", acrescenta, "era a contestação absoluta, porque lutava contra o autoritarismo total, a repressão feroz e a tortura inominável. Agora, a situação é outra. Eu, por exemplo, estou na oposição, mas a caminho de ser governo."

Que ninguém entenda mal essa declaração de Lyra. Ele não se acha a caminho do governo porque pretende aderir ao regime. Mas, sim, simplesmente, por

considerá-lo exaurido, "no chão", prestes a ser substituído por um novo regime, que nascerá da negociação política entre os atuais donos do poder e seus adversários: essa sua avaliação da realidade brasileira é o tema principal da entrevista que se segue, concedida a Senhor, *na segunda-feira, 18:*

SENHOR – O senhor tem dito que considera "urgentemente necessária" uma negociação política para a salvação do País. Pode explicar por quê?
FERNANDO LYRA – Porque a situação chegou a um ponto tal, que nenhum grupo político, hoje, tem condições de impor suas idéias aos outros grupos. Conseqüentemente, só há saída dentro de uma negociação. Agora, essa negociação pressupõe um entendimento completo sobre a política nacional e...

SENHOR – Aí é que está: ao que tudo indica, o presidente Figueiredo trabalha politicamente justamente no sentido de evitar a negociação. Ele pretende resolver o problema básico da sucessão, por exemplo, dentro dos seus próprios muros. E a sucessão, todos sabem, seria um ótimo tema para negociação.
LYRA – Essa negociação é um processo. Ela virá, queira ou não o governo. O exemplo pode ser mesmo o que você cita, a sucessão. O que nós estamos verificando em termos de sucessão? Que o governo não tem condição de impor nenhum candidato ao país. Ou negocia, ou vai ser derrotado na própria convenção do PDS. E o problema nem é só essa possível derrota. O problema é que quem surgir dessa convenção do PDS não representa nada. Tem a seu favor uma parcela de um partido, que é minoria nacional. Então, o candidato teria a representatividade, apenas, da maioria dessa minoria. Ou até da minoria da minoria, se surgissem muitos candidatos a candidatos na convenção.

SENHOR – Deputado, o senhor fala de legitimidade. O senhor acredita que o problema da legitimidade do governo, talvez o mais sério de todos, poderia ser resolvido pela negociação?

LYRA – Eu sempre disse e continuo a afirmar que esse governo não tem legitimidade e, em função dessa falta de legitimidade, perdeu toda a credibilidade. Está no chão em termos de credibilidade. Nunca se viu isso neste país: se algum órgão ou autoridade governamental afirma alguma coisa, todo o povo fica logo imaginando que vai acontecer exatamente o contrário. Pior ainda: são tantas as denúncias de corrupção que o povo já não mostra confiança na honestidade dos administradores. Por causa da impunidade, porque ninguém está sendo punido como conseqüência dessas denúncias. Então, há a falta de credibilidade e o problema da corrupção, dois dados da realidade com os quais nós não estamos negociando. Negociar não significa tolerar a corrupção. Pelo contrário. E quando emprego a negociação é para tentar uma saída, até, para essa questão de credibilidade. Só admito negociar com o governo se algumas coisas forem bem clarificadas antes. Por exemplo: negociar com o Delfim não dá. Assim, não haveria negociação alguma.

SENHOR – Por que o senhor despreza tanto a participação de Delfim Netto numa negociação?

LYRA – Porque ele é realmente o fruto, é o homem que encarna todo esse processo que está aí. E ele parece viver num país diferente daquele em que vivemos todos nós. O Brasil do Delfim é outro. É autocrático, plutocrático, tecnocrático. É o anti-Brasil da abertura. Delfim representa o que há de mais legítimo, entre aspas, em termos de autoritarismo. Ele é o ditador da economia brasileira.

SENHOR – Delfim, então, estaria fora da sua negociação. Mas isso não tira de cena a questão da legitimidade, que nós estávamos discutindo. Ou ter um negociador que não fosse o Delfim seria o suficiente para dar legitimidade ao governo?

LYRA – Não, claro. Mas uma negociação sem Delfim e

dentro de certos parâmetros poderia acabar sendo legitimadora do governo.

SENHOR – Através da eleição direta?
LYRA – Da direta e da Constituinte. Eu, por exemplo, tenho um cronograma para a negociação. Ela começaria pelo acordo em torno de um governo transitório, agora – se possível, um governo que só chegue até 1985. Dois anos de transição.

SENHOR – Dois anos apenas?
LYRA – Sim, porque a situação está tão grave que eu acho que esse governo de transição devia começar já e durar, no máximo, até 1985.

SENHOR – O senhor acha, então, que esse governo já deu o que tinha que dar?
LYRA – Esse governo está totalmente exaurido. Então, o ideal seria que tivéssemos um governo de transição já, que convocasse as eleições diretas para 85. Se não fosse possível isso, pelo menos teríamos que formar um governo provisório a partir de 85 que subiria ao poder com a convocação de uma Constituinte para 86 e das diretas para 88. A convocação das diretas teria de ser imediata, feita pelo próprio presidente Figueiredo. Para dar uma esperança à Nação. Para que o povo tenha um mínimo de esperança de participação.

SENHOR – E, depois dessas eleições diretas, o regime estaria legitimado?
LYRA – Sem dúvida.

SENHOR – Mesmo que as eleições fossem realizadas segundo as regras atuais? Como o senhor sabe, essas regras são extremamente favorecedoras do poder econômico.
LYRA – Não, não. Eu acho que essa legislação eleitoral está totalmente falida. E, graças a Deus, ainda não temos regras fixadas para a eleição direta. Portanto, seria possível fazê-las a partir de agora. Teríamos de fazer, em todo caso, toda uma nova legislação eleitoral. E é fundamental que essa nova legislação abra espaço para todos os partidos. Para que tivéssemos realmente

um retrato da vontade política da sociedade brasileira. Mesmo porque haveria também a eleição para a Constituinte e esta não poderia ser feita com regras restritivas da vontade popular.

SENHOR – Mas no PMDB de hoje nem todos aceitam essa sua idéia da negociação.

LYRA – Sim, porque o pessoal que discorda da negociação imagina que a gente possa conseguir as coisas através da mobilização popular. Mobilizou, resolveu. Eu sou a favor da mobilização, mas acho que a negociação é que é a saída.

SENHOR – Quer dizer: o senhor não acredita na capacidade de mobilização do povo brasileiro?

LYRA – Não é isso. É porque temos de ser práticos: precisamos de dois terços dos votos do Congresso para chegar à eleição direta. Como é que se vai conseguir isso só com a mobilização? O pessoal esquece que existe um obstáculo formal – a exigência dos dois terços. Como é que se pode conseguir esses dois terços? Só através do acordo, da negociação, enfim.

SENHOR – O PMDB é um partido de frente. O senhor acha que ele ainda tem lugar no quadro político de hoje?

LYRA – Tem sim. E vai ter por muito tempo ainda. O PMDB é o único partido que se parece com o Brasil. Ele é heterogêneo como é a sociedade brasileira; ele é eclético como a sociedade brasileira; e ele é grande como o Brasil. Em função disso, ele não quebra, ele não acaba, apesar de todas as dissensões e desavenças.

SENHOR – Mas, neste momento, o PMDB não encontra sequer uma linha de ação.

LYRA – Encontra sim. A eleição direta.

SENHOR – É a única. A negociação, por exemplo, não é uma linha de ação do partido inteiro.

LYRA – Aqueles que pregam a eleição direta sabem que ela só pode vir pela negociação. Sabem. Agora,

taticamente, acham que não é conveniente admitir a negociação. O problema é só esse.

SENHOR – O senhor acha, então, que caminhamos para a negociação e que o PMDB estará unido em defesa dessa solução?

LYRA – O PMDB está unido em função dos objetivos, e discutindo as táticas. Não há discussão sobre o objetivo essencial, a conquista da legitimidade, que só será possível através das diretas e da Constituinte. Esse objetivo é unânime dentro do partido. O que discutimos são as táticas. Uns entendem que só devemos falar de eleição direta, pura e simples. Outros entendem que se deve falar em eleição direta, mas através da negociação.

SENHOR – Mas aqui chegamos a um impasse: o PMDB pode até achar que tem de haver negociação, mas o governo não quer negociar. E por um raciocínio elementar, segundo explicam seus articuladores. Eles dizem: "Se nós temos já a maioria no Colégio Eleitoral, por que iríamos negociar para dar poder aos nossos adversários?" E então?

LYRA – Olha, primeiro, essa maioria que eles têm no colégio foi uma maioria forjada numa conta de somar e, portanto, uma maioria ilegítima. Veja que eles admitiram que São Paulo e o Piauí teriam, cada um, seis delegados no colégio. Com todo o respeito pelo Piauí, São Paulo tem mais população, maior representatividade, tem tudo mais do que o Piauí. Deveria ter muito mais delegados do que o Piauí no Colégio Eleitoral. Segundo: esse colégio foi composto numa eleição em que ninguém – a não ser nós, políticos militantes – sabia que estava escolhendo seus futuros delegados. Então, esse Colégio Eleitoral não representa a realidade política nacional. É espúrio, antidemocrático. Não há adjetivo para qualificá-lo. Depois, é uma grande mentira, ainda assim, o governo dizer que tem maioria no Colégio Eleitoral. Porque ninguém sabe o que é o governo hoje, em termos de sucessão. O governo é Andreazza? O governo é Maluf?

É Aureliano? É o general Octávio de Medeiros? O que é "nós somos maioria"? O PDS? Ora, isso não existe. Aliás, esse Colégio Eleitoral, na minha opinião, tem de ser é implodido.

SENHOR – Isso não é sonhar demais?
LYRA – Não, até o governo teria o maior interesse nessa implosão, o problema é arranjar a fórmula. E a fórmula, eu acho, é simples: basta convocar as eleições diretas. Assim, o colégio passaria a não servir mais para nada. E poderíamos chegar à sua implosão.

SENHOR – Por que o senhor acha que o Colégio Eleitoral não serviria mais aos interesses do governo?
LYRA – Porque, com ele, o governo não chega lá. Eu tenho absoluta convicção de que não chegaremos ao Colégio Eleitoral. Ou teremos a implosão do Colégio Eleitoral, com a convocação de eleição direta e o acordo para a escolha de um candidato de transição, ou se convocará pura e simplesmente a eleição direta. E vamos ver quem tem voto na urna para governar o País.

SENHOR – O que o faz ter essa convicção?
LYRA – O colégio, note, foi feito com um objetivo. Foi feito para que o governo dissesse: o candidato é fulano de tal. Iriam para a convenção e a convenção diria: é, realmente, o candidato é fulano de tal. Mas, na hora em que a Abertura permitiu que alguém dissesse, fora do Palácio, que era candidato, isso liquidou o colégio.

SENHOR – Quer dizer: Maluf prestou um serviço à democracia.
LYRA – É, a democracia é o regime das contradições, não é?

SENHOR – Mas, então, sua fórmula é esta: implodir o colégio, acertar um governo de transição e convocar eleições diretas...
LYRA – Não. A minha ordem é inversa. Começaria tudo pela convocação das diretas. E imediatamente formaríamos um governo de transição – se possível agora, porque o Brasil está muito doente.

SENHOR – O senhor acredita que os militares aceitariam essa fórmula?

LYRA – Eu não acredito jamais que os militares queiram jogar no caos. E jogar no Colégio Eleitoral, nessa fórmula que está aí, é jogar no caos.

SENHOR – O presidente Figueiredo parece não acreditar nisso. Pois, neste momento, ativa sua consulta sucessória limitada ao PDS e manifesta, por meios indiretos, uma preferência pelo candidato Mário Andreazza, numa eleição indireta. Nem admite a hipótese da direta.

LYRA – Essa consulta do presidente aos governadores não leva a nada porque nem é uma saída democrática, nem é eficiente para o que o presidente deseja. A grande verdade é que o presidente pretende, com isso, avaliar sua própria força, para impor um candidato *in pectore*. Mas o grande problema do presidente é que o seu candidato preferido não tem cacife. Porque o cacife do Andreazza é o ministério, que não pertence a ele, mas ao governo. Na hora em que deixar o cargo, não será mais nada.

SENHOR – Já que falou de Andreazza, o senhor também pode dar sua opinião sobre o candidato Maluf?

LYRA – Olhe, eu não posso admitir que a Abertura tenha sido feita para beneficiar Maluf. Posso, pois, falar dele como candidato, não como futuro presidente. O Maluf tem uma qualidade que, neste momento, é muito importante: audácia. Ele, além disso, é obstinado, e isso é fundamental em política. Antigamente, no processo inteiramente fechado, quanto mais você mantinha discrição, mais você era cogitado. Hoje, o processo mudou. E Maluf aproveita suas características pessoais para ir levando a sua candidatura.

SENHOR – E Aureliano Chaves?

LYRA – Ah, esse tem cacife. É político de tradição, político de um grande Estado, é um homem sério, é um ex-parlamentar, com experiência na vida pública. Mas, no meu entendimento, ele só sairá candidato de duas

formas: ou aguardando que a coisa evolua e ele saia candidato de conciliação para um tempo de transição, ou se for ungido pelo Palácio. Para a disputa na convenção como livre atirador, eu não o vejo com respaldo político para a tentativa.

SENHOR – E os outros? Marco Maciel, Hélio Beltrão, Costa Cavalcanti?
LYRA – Não acredito em nenhum. Pode surgir algum outro. Ainda está muito longe a sucessão.

SENHOR – E um candidato militar?
LYRA – Não acredito, o candidato precisará, desta vez, ter cacife político.

SENHOR – Mas os conciliadores não dariam esse cacife a um candidato militar de transição?
LYRA – Não acredito.

SENHOR – Pelo que o senhor fala, não há mesmo candidato viável para o Planalto vencer uma eleição indireta.
LYRA – E esse é o grande problema do Planalto, hoje. Eles não têm candidato. A rigor, só poderiam contar com o próprio Figueiredo para uma improvável reeleição.

SENHOR – Improvável?
LYRA – Sim, porque, embora não haja qualquer dúvida sobre o desejo do *entourage* do Planalto de reeleger Figueiredo, esse é um objetivo quase impossível. Ele exigiria uma negociação muito profunda, difícil mesmo. E ainda tem outra coisa: foge à tradição do próprio regime. Haveria problemas dentro da área sustentação do governo.

SENHOR – O senhor sempre se alinhou entre os radicais. Agora, está no mesmo barco do doutor Tancredo Neves, paradigma da moderação dentro do PMDB. Como justifica isso?
LYRA – Estou nesse barco porque acho que o doutor Tancredo está pensando corretamente. A estratégia dele está perfeita. Se eu não pensasse assim, não me teria aliado a ele. Sim, porque nós somos aliados. Nem ele é

"autêntico", nem eu sou agora um "moderado". Apenas estamos aliados.

SENHOR – Mas o que se diz é que essa estratégia tem também motivações pessoais. Pois o seu beneficiário seria o próprio doutor Tancredo, já que ninguém, como ele, tem a imagem do conciliador ideal para um presidente de transição...

LYRA – Olha, eu acho que ele será beneficiário, se o for, em função de sua competência política, de sua capacidade, de seu trânsito em todos os segmentos do País. Eu acho que o povo quer mudança, mas não confronto. Para mudar sem confronto, só tem uma saída: negociar.

SENHOR – Mas uma negociação sempre requer que as duas partes levem alguma vantagem. No momento, o grupo Figueiredo está no poder e não quer negociar, alegando que não ganharia nada com isso. Na sua opinião, que vantagem esse grupo teria entregando o poder ao doutor Tancredo?

LYRA – Esses homens estão governando o País há 19 anos. Mudaram o chefe do governo, mas o governo sempre foi o mesmo. E até alguns homens. O sr. Delfim Netto, por exemplo, manda na economia deste País há 16 anos. A não ser nos poucos anos de exílio em Paris, um exílio duríssimo, em que ele foi embaixador na grande capital da Europa. Realmente, foi muito sofrimento para ele. Um trágico exílio. Então, o que vamos dar em troca da saída para esses cidadãos? Eu acho que o que podemos lhes oferecer é o *beau geste*. Na hora da saída teriam, assim, a possibilidade de sair com um mínimo de dignidade.

SENHOR – Não se lhes poderia dar mais do que isso?

LYRA – Não, não é isso. O povo, se o quisesse, poderia dar-lhes mais na eleição. Poderia dar-lhes até o poder total na eleição direta presidencial.

SENHOR – Mas os srs. não poderiam oferecer-lhes ao menos essa Presidência transitória, até que viessem as diretas?

LYRA – Olha, quando terminar o mandato do presidente Figueiredo, nós teremos exatamente 21 anos de regime

autoritário. A Alemanha nazista não conheceu um período igual de autoritarismo.

SENHOR – O senhor não aceita, então, a idéia de um presidente de consenso do próprio PDS?
LYRA – Olha, eu não quero entrar na análise de nomes. Eu tenho o meu candidato, que é o doutor Tancredo. Não só de transição, não. Também para a eleição direta. Para mim, é o homem ideal. Porque, mesmo na eleição direta, quem se elegesse hoje teria de fazer um governo de transição. Seria um governo para convocar a Constituinte, para refazer as leis deste País e...

SENHOR – O sr., então, não apóia o eterno candidato presidencial do PMDB, o deputado Ulysses Guimarães?
LYRA – Eu acho que tenho o direito de ter um candidato. E o meu candidato é o doutor Tancredo Neves.

SENHOR – Mas o próprio Tancredo, ao que se sabe, aceitaria a candidatura de consenso do vice-presidente Aureliano Chaves.
LYRA – Aí o problema é do doutor Tancredo, não é meu. Eu não vou tão longe assim no consenso, como ele. O meu candidato é o doutor Tancredo. Por quê? Porque ele teria condições de fazer o reencontro do governo com a Nação. Tem competência para isso. Competência, tradição, experiência e respaldo político da sociedade brasileira.

SENHOR – Diz-se que o senhor teve, recentemente, uma longa conversa sobre a negociação com o professor Leitão de Abreu, do Gabinete Civil.
LYRA – Não, não é verdade. Eu nunca conversei com o ministro Leitão de Abreu, nem, aliás, com ninguém do Planalto. E digo mais: eu jamais negaria isso, se fosse verdade. Poderia negar o teor da conversa, mas a conversa eu não negaria nunca. Isso não tem o menor fundamento. O único elemento do governo com quem troquei idéias foi o líder do PDS na Câmara dos Deputados, Nelson Marchezan. Mas só foi uma conversa sobre o processo, sem que entrássemos em

detalhes maiores do que pudesse constituir uma negociação.

SENHOR – Em todo caso, qual é a sua opinião sobre o professor Leitão?
LYRA – Ele é um homem muito fechado que tem gosto pelo poder, mas não tem gosto pela política.

SENHOR – Quer dizer: não é um homem para a hora presente?
LYRA – Só se conseguisse reciclar-se.

SENHOR – Aí nós chegamos a um ponto básico: a tal negociação, de que o senhor tanto fala, requer que exista, da parte do governo, um negociador. Existe essa figura?
LYRA – Eu não vislumbro quem seja essa figura, mas ela vai ter de surgir, porque o processo exige um negociador. E a lição histórica mostra que a crise forja lideranças.

SENHOR – Esse negociador poderia ser o chefe político baiano Antônio Carlos Magalhães, nos últimos tempos cada vez mais assíduo no Planalto?
LYRA – A história política do sr. Antônio Carlos não o recomenda nunca como negociador. Recomendá-lo-ia talvez para ditador; para negociador, nunca.

SENHOR – E o ministro Abi-Ackel?
LYRA – Ele não teve condições de assumir seu cargo. Não tem, portanto, cacife para negociar, porque sabe das coisas tanto quanto nós.

SENHOR – E o senador Sarney, presidente do PDS?
LYRA – O senador Sarney não conseguiu negociar sequer com os seus dissidentes. Assumiu a presidência do PDS muito contestado. E eu não vejo, da parte do governo, nenhum apoio mais concreto para Sarney. É um homem que é presidente e não preside.

SENHOR – E o general Rubem Ludwig? Seria ele, então, o negociador?
LYRA – Sobre o general Ludwig, eu recebo excelentes informações, e o tenho em bom conceito. Mas as ligações que mantém como chefe da Casa Militar o inibem para a tarefa de negociador.

SENHOR – E o ministro Délio Jardim de Mattos?

LYRA – É o mesmo caso. O cargo não o deixaria situado para essa missão.

SENHOR – Então, quem é o negociador?

LYRA – Não sei. Alguém que se disponha a ser. Desses aí, talvez o ministro Ludwig seja o homem. Pelas informações que eu tenho, ele conversa muito bem.

SENHOR – Mas teria de sair da Casa Militar?

LYRA – Não digo isso, mas pelo menos teria de receber uma delegação para isso, ou criar uma delegação.

SENHOR – Falemos da votação próxima do Decreto 2.045. O governo ainda espera que os moderados da oposição ajudem a passagem dessa lei de arrocho dos salários por decurso de prazo. O senhor acha isso possível?

LYRA – Não. Eu acho que o 2.045 será derrotado, porque, além de ser maléfico, ele recebeu um estigma: representa a subserviência ao FMI. E não quero nem saber se é ou não é. O fato é que, em política, a versão chega a ser mais forte do que o fato. Para o povo brasileiro, hoje, o 2.045 é a subordinação da nossa soberania. Por isso, eu não acredito jamais que possa ser aprovado pelo Congresso. E mais: ele não tem unanimidade em canto nenhum. Ainda esta semana vi a declaração do presidente da Federação das Associações Comerciais do Rio Grande do Sul, frontalmente contrário ao decreto.

SENHOR – No entanto, o ministro Delfim Netto confidencia que ainda pode conseguir 16 compreensivos deputados do PMDB para ajudar a passagem do decreto por decurso de prazo.

LYRA – Olha, ele não vai conseguir sensibilizar ninguém para essa aventura.

SENHOR – Nem oferecendo compensações financeiras aos governadores do PMDB? Eles estão com o caixa a zero e diz Delfim que uma mão lava a outra.

LYRA – Olha, quem fizer isso, o deputado que se negar a aparecer lá para votar contra o 2.045, ficará marcado como um traidor e colaboracionista, no pior sentido da palavra. Ninguém vai topar isso.

SENHOR – O doutor Tancredo não entra nessa nem em nome da necessidade da conciliação nacional?

LYRA – O doutor Tancredo é um homem sério, não cai numa dessas, de nenhum modo. Se ao menos o 2.045 chegasse acompanhado de medidas que viessem a demonstrar cabalmente a vontade do governo de controlar a inflação, mas não... Não existe nada disso. Somente o arrocho dos salários. Os trabalhadores que paguem a inflação.

SENHOR – Mas o Delfim acena com a possibilidade de um melhor controle de preços e com a possibilidade de concessões na área da casa própria...

LYRA – Ele também já disse que ia encher a panela do pobre, quando era ministro da Agricultura, ou você não lembra? Foi a grande promessa dele. Eu estou vendo de quê ele encheu a panela do pobre.

SENHOR – De ar?

LYRA – Não, se fosse de ar ainda tinha alguma utilidade.

SENHOR – De quê, então?

LYRA – Ah, se fosse de adubo. Olha, eu não acredito em nada que venha do Delfim. Ele vem mentindo ao País há 15 anos.

SENHOR – Digamos, se o governo tirasse o Delfim e colocasse o Simonsen em seu lugar. Isso facilitaria tudo?

LYRA – Não, não é problema de nomes. Delfim apenas é um símbolo. Simonsen não modificaria coisa alguma. Assim como Langoni ou outro nome dessa área tecnocrática governista. Não acredito em nenhum deles. O problema é de modelo.

SENHOR – Mas o presidente já disse muitas vezes que esse é o seu modelo. E que Delfim só sai junto com ele, no final do mandato.

LYRA – Então, Deus queira que o Figueiredo saia logo.

SENHOR – Mas voltemos ao 2.045. Ele é apontado pelo governo como a grande saída para a economia. Reduzindo-se os salários, teríamos a chance de diminuir a inflação, aumentar as exportações e, em conseqüência, acabar

com o desemprego. O senhor concorda com essas colocações?

LYRA – Não concordo. Não concordo porque o governo já não tem mais controle sobre coisa alguma. A não ser sobre a vida de muitos brasileiros. Se nós formos examinar as declarações do pessoal do governo sobre a economia, vamos verificar a absoluta incoerência dessa política. Eles a fizeram sem nenhum planejamento. O ministro do Planejamento é um improvisador. Eu não conheço nenhum governo sério que não tenha um ministro de planejamento. O nosso não tem nada. O ministro do Planejamento é um camelô: quer dizer, vive vendendo na hora o que lhe interessa vender, fala e age na hora segundo a ocasião e assim vai levando. Eu não acredito nessas coisas que o Delfim vem dizendo sobre o 2.045.

SENHOR – É tudo mentira?

LYRA – Eu prefiro acreditar no Antônio Ermírio de Moraes, que diz exatamente o contrário. No Cláudio Bardella, que conhece o que é a industrialização e conhece o que é desenvolvimento.

SENHOR – E essa é também a opinião do PMDB?

LYRA – Não só do PMDB. É a opinião do povo brasileiro. Ninguém acredita em Delfim. Só o presidente Figueiredo. E, talvez, o Ernane Galvêas.

SENHOR – O senhor acha que há possibilidade de o governo conseguir, no último momento, a adesão do PTB de Ivete Vargas para a passagem do 2.045 por decurso de prazo?

LYRA – Acredito que não. Porque há um consenso nacional contra o 2.045. O PTB não vai ficar imune a esse consenso.

SENHOR – Teremos, então, um impasse político?

LYRA – Não. Por que teríamos um impasse? O Congresso já não aprovou todos os outros decretos-leis? Por que teríamos um impasse no único que ele iria rejeitar? Quem está tentando o impasse, no fundo, é o governo,

porque esse 2.045 é uma provocação. Se eles tivessem a intenção de obter a colaboração dos trabalhadores, deveriam ter negociado diretamente com os sindicatos. Mas não, enviaram a coisa feita ao Congresso.

SENHOR – Dentro desse quadro de crise econômica, como o sr., um nordestino, coloca o problema do Nordeste?

LYRA – Lá, é necessária uma mudança total. Essa política emergencial para o Nordeste só está servindo para consolidar os latifundiários. A indústria da seca, agora, tem outro nome: frente de trabalho.

SENHOR – Detalhe seu ponto de vista, por favor.

LYRA – Olhe, a maioria absoluta desse pessoal que está ganhando esse salário miserável – Cr$ 15 mil por mês, andando, às vezes, de 15 a 20 quilômetros para isso, senhoras grávidas, crianças – trabalha em terra alheia. Quer dizer: só está dando poderio maior ao latifundiário, que é o sustentáculo político do governo naquela região. Então, tem que haver uma mudança total nisso aí. O mal do Nordeste não é só a seca. O mal do Nordeste é a estrutura agrária. O mal do Nordeste é a falta de uma política para o Nordeste que o coloque dentro de uma política nacional, e não como um caso de política setorial. E, a propósito, eu relembro que, em 1970, o presidente Médici foi ao Nordeste, lá chorou, e fez um discurso que ficou famoso, dizendo que tinha vindo com os seus ministros não somente para resolver o problema emergencial, mas para revolver as estruturas do Nordeste. Quem eram os ministros do governo Médici naquela época? Eu não esqueci nenhum nome. Chefe da Casa Civil: Leitão de Abreu. Chefe da Casa Militar: general Figueiredo. Ministro da Fazenda: Sr. Delfim Netto. Ministro dos Transportes: Sr. Mário Andreazza, o mesmo que hoje fala tanto do Nordeste. Mas foi ele quem levou para lá a falácia da Transamazônica – a estrada que liga a miséria à pobreza, ou seja, o Nordeste ao Norte.

E quem era o ministro do Interior? General Costa Cavalcanti. Então, você vê que os homens são os mesmos, assim como as promessas são as mesmas e as mentiras também são as mesmas.

(Entrevista publicada na revista *Senhor*, 28 de setembro de 1983)

O LANÇAMENTO DA CANDIDATURA REPERCUTE

Chegada a Caruaru, dia 18 de maio de 1985.

A surpresa foi geral quando anunciei, ainda no início de junho de 1983, no programa *Bom dia, Brasil*, na TV Globo, o meu candidato à sucessão do general João Baptista Figueiredo. Era, sem dúvida, uma grande antecipação, porque se falava em diretas apenas no âmbito interno do PMDB. A campanha ainda não havia tomado ainda as ruas.

Mas eu queria deixar marcado, logo de saída que estava com Tancredo e não com Ulysses, independente de qual fosse a cir-

cunstância. Eu sabia que doutor Ulysses, pela sua forma de ser, poderia facilmente se tornar o candidato natural do PMDB se a eleição fosse direta. E tratei de me preparar contra isso.

Logo que a campanha pelas diretas começou pude tornar a minha posição ainda mais clara, e o fiz, quase dois anos depois, organizando comícios no interior do país, como o que preparei na minha própria terra, Caruaru.

A minha ação em prol de uma candidatura Tancredo era a mais independente possível. Naquela altura de tanta indefinição ainda, eu não podia chamar oficialmente parte do PT para uma reunião com doutor Tancredo. Mas para um comício a favor das diretas, no meu próprio território, eu podia, sem nenhum problema.

A partir daí comecei a conquistar apoios importantes para ele até no PT. Trouxe para o nosso lado o seu próprio líder, Airton Soares, e nomes de primeiríssima linha, como Bete Mendes e José Eudes. A mensagem que pretendia levar aos meus colegas do PMDB era bem simples: se a emenda das diretas não passasse, o meu candidato na convenção do partido seria doutor Tancredo e não doutor Ulysses.

Como já se disse, Ulysses era a escolha natural numa possível (ainda que improvável) eleição direta para presidente da República. Mesmo assim, eu considerava Tancredo um candidato mais viável, além de mais bem preparado e com melhores chances para governar, até por razões pragmáticas: seu nome era mais assimilável pelos militares.

ENTREVISTA
Fernando Lyra

O partido do contra

O deputado pernambucano critica a intransigência do PMDB e prega a saída de Ulysses Guimarães da presidência do partido
por Merval Pereira Filho

O deputado federal Fernando Lyra, pernambucano de 44 anos, já foi um dos mais temidos integrantes do grupo "autêntico" do extinto MDB, e muitas vezes subiu à tribuna da Câmara Federal para expressar os pontos de vista mais radicais de seu partido. Hoje, Lyra é o porta-voz mais veemente da ala moderada do PMDB no Parlamento, e está disposto a lutar dentro do partido para que afinal se comece a negociar com o governo. Ele garante que não mudou seu pensamento político, mas pressente que o processo da abertura democrática só dará frutos duradouros se trilhar os caminhos da conversa, do consenso e do acordo com o governo – única forma de evitar um confronto que resultaria num retrocesso político. Com tal objetivo, Lyra trafega pelo PMDB, buscando formar uma chapa que, a partir da convenção do partido, em 4 de dezembro, seja capaz de subir a rampa do Palácio do Planalto para negociar um grande acordo nacional com o governo.
Fernando Lyra não teme que suas articulações moderadas sejam mal interpretadas pelos quase 37.000 eleitores que teve em novembro passado. Com bom humor, constata que todos os seus passos em busca da negociação têm de ser explicados aos eleitores. Muitos deles imaginaram que o cargo que ocupa atualmente na Câmara Federal – 1º secretário da mesa – significava uma adesão ao governo. Lyra desfez

a confusão mas, sem ter aderido ao governo, não se nega ao diálogo. Ele tem conversado com estrelas do PDS e do governo, tentando costurar um grande acordo que envolva desde as eleições diretas para a escolha do sucessor do presidente João Figueiredo até a convocação de uma Assembléia Nacional Constituinte. Para ele, a convenção do PMDB é um momento decisivo para conseguir concretizar esse acordo. Na quarta-feira passada, Lyra falou a Veja *sobre seus planos e fórmulas para conseguir a institucionalização democrática: O Decreto 2.065 é um desafogo momentâneo.*

VEJA – O senhor acha que a presente crise econômica que o país atravessa pode provocar um impasse político ainda no governo do presidente João Figueiredo?
FERNANDO LYRA – Não tenho dúvida de que a partir do próximo ano, depois do Carnaval, estaremos na pior crise da história brasileira. Agora, aparentemente está tudo muito bom, com a aprovação do Decreto-Lei 2.065, mas nada disso vai resolver a crise econômica. E nós temos de estar preparados para enfrentar essa crise, que é fundamentalmente política.

VEJA – O novo decreto-lei não surtirá os efeitos proclamados pelo governo?
LYRA – A realidade está mostrando que essa seqüência de decretos não está resolvendo nada. O Decreto-Lei 2.065 tem um efeito claro, no nível externo: vai permitir a entrada de dólares do Fundo Monetário Internacional no país, para que o Brasil passe a dever ainda mais. Ele apenas configura um desafogo momentâneo.

VEJA – O PMDB está preparado para enfrentar esse aguçamento da crise?
LYRA – O atual processo está a exigir um comportamento totalmente diferente dos partidos políticos, especialmente do maior partido da oposição, o PMDB. A mudança mais premente no PMDB é a descentralização, a democratização das decisões do partido. No plano externo há a necessidade de que o

PMDB adote a tese da negociação, para que possamos realizar as metas do programa partidário. Assim, a convenção nacional do PMDB, no dia 4 de dezembro, é fundamental, e até decisiva, não apenas para traçar os destinos do partido mas também para o processo político que o país vive. O redirecionamento desse processo resultará da disposição do PMDB em negociar com o governo, e do que ele quiser negociar.

VEJA – E como o PMDB deve negociar?
LYRA – São três os pontos básicos da negociação que o partido deve colocar como prioritários. As liberdades democráticas precisam ser ampliadas, com a conquista das eleições diretas para a Presidência da República e a convocação da Assembléia Nacional Constituinte. A classe trabalhadora não pode ser ainda mais sacrificada pelas dificuldades econômicas. Finalmente, o empresariado nacional tem de ser fortalecido.

VEJA – Mas existem largos setores do PMDB convencidos de que não se deve negociar com o governo. Para esses setores, o governo está enfraquecido...
LYRA – O governo não está fraco, e sim isolado. Está acuado, mas ainda tem força. Está nos estertores, e exatamente por isso considero que a negociação é a única forma de superar esse impasse. O raciocínio é simples: o programa do partido defende as eleições diretas. E, para que as diretas venham, é preciso negociar com o governo, porque nós não temos a maioria de dois terços no Congresso, necessária para modificar a Constituição. O PMDB deve procurar o presidente.

VEJA – O senhor acredita que tanto o governo como os partidos terão de cumprir essa exigência formal?
LYRA – Claro, porque o nosso processo político é diferente do da Argentina, que saiu de uma ditadura para as eleições diretas. O ditador de plantão na Argentina convocou as eleições diretas, ouvindo a junta militar. Nós temos aqui uma ditadura relativa ou uma

democracia relativa, dependendo do gosto de cada um. Mas não podemos partir para a ruptura porque isso significaria um retrocesso.

VEJA – Na sua opinião, o deputado Ulysses Guimarães, presidente do PMDB, deveria ter aceito o convite para conversar com o ministro João Leitão de Abreu, chefe do Gabinete Civil?
LYRA – Acho mais que isso. O presidente do PMDB que for eleito na convenção de 4 de dezembro deve solicitar uma audiência ao presidente João Figueiredo e colocar esses pontos fundamentais do partido para iniciar a negociação.

VEJA – Será possível realizar esse acordo ainda no governo do presidente Figueiredo?
LYRA – Acredito que sim, porque só com essa negociação, que compreende também um redirecionamento da economia do país, poderemos chegar às eleições que indicarão o sucessor de Figueiredo.

VEJA – Seria necessário, portanto, um governo de coalizão a curto prazo?
LYRA – Os homens de bom-senso no governo pregam exatamente a tese de que é preciso formar um governo político para realizar essa travessia, para sustentar esses meses que nos separam das eleições diretas para presidente.

VEJA – O PMDB tem condições políticas internas de cerrar fileiras e dar esse suporte ao governo?
LYRA – Da mesma maneira que o PDS precisou de uma oxigenação para chegar até o acordo a respeito do Decreto-Lei 2.065, o PMDB também está precisando mudar. Nós temos necessidade de uma reciclagem, de mudanças profundas. O PMDB é hoje um partido inerme, que aprendeu a ser de oposição, e não a estar na oposição. Precisamos ter consciência de que estamos hoje na oposição mas nos preparamos para ser o governo através do voto direto.

VEJA – O PMDB envelheceu?

LYRA – Ao longo de todo esse processo, o PMDB tem ficado na defensiva. O PMDB sempre tem negado as propostas, sem apresentar nada de viável. O PMDB é o partido do contra, essa é a sua rotina.

VEJA – Quais seriam os reflexos dessa postura intransigente do PMDB?
LYRA – Eu vi, por exemplo, o presidente Ulysses Guimarães dizer que não negociava enquanto as medidas de emergência estivessem em vigor no Distrito Federal. Acho, ao contrário, que exatamente nos momentos de crise, nos momentos mais difíceis, a negociação se torna imperiosa. E muito cômoda a postura de ficar contra sem propor nada.

VEJA – Essa postura não estaria sendo estimulada pelo fato de o PMDB ser responsável por vários governos estaduais?
LYRA – O PMDB está-se comportando como se fosse um partido parlamentar, onde uma centena de deputados se reúne e define as posições do partido. Nós participamos hoje de nove governos estaduais, em alguns dos mais importantes Estados do país, e o partido não dispõe de instrumentos ágeis para auxiliar seus governadores.

VEJA – Essa falta de sintonia se reflete na conduta administrativa dos governos do PMDB?
LYRA – Claro. Mais grave ainda, temos milhares de prefeitos totalmente divorciados do partido. Esses prefeitos são, queiram ou não, gerentes do governo. Nós temos necessidade de gerenciar problemas, e o partido não tem instrumentos para isso.

VEJA – Por quê?
LYRA – Porque nós ainda vivemos no passado. O PMDB é um partido que vive no passado.

VEJA – O deputado Ulysses Guimarães é uma imagem desse envelhecimento do PMDB?
LYRA – Sou deputado federal há treze anos e quase sempre votei no deputado Ulysses Guimarães para presidente do PMDB.

Comício pelas Diretas.
No palanque, Fernando Lyra.
Ao microfone, Leonel Brizola.

VEJA – E está disposto a votar nele de novo?

LYRA – Lembro-me muito bem de que votei contra o deputado Ulysses Guimarães nas duas primeiras eleições – exatamente porque, naquela época, ele tinha uma posição muito moderada, quando o momento exigia que nós fôssemos a vanguarda para quebrar o autoritarismo. Nós, os autênticos, votamos então contra o doutor Ulysses.

VEJA – O deputado Ulysses Guimarães mudou desde aquela época?

LYRA – O doutor Ulysses avançou nesse período, o que fez com que nos encontrássemos ao longo do processo. Ele desempenhou e desempenha um papel muito importante no partido, mas agora o momento é outro. O doutor Ulysses continua com a mesma posição, como se o processo não tivesse mudado.

VEJA – Como o senhor, que começou como autêntico, se transformou num moderado?

LYRA – A época dos autênticos era de desbravamento, de contestação ao regime de ditadura absoluta do governo Emílio Médici. Como a situação evoluiu, e as conquistas foram se efetivando, eu e vários companheiros mudamos. Não mudaram os princípios, mas as formas de conquistá-los.

VEJA – O presidente do PMDB alinhado com os remanescentes do Grupo Autêntico?

LYRA – Eu não mudei. Mudou o processo. Acho que a melhor maneira de alargar as conquistas democráticas é a negociação. Acho que essa forma de atuar, buscando o confronto, não é a mais conseqüente.

VEJA – De que forma o senhor pretende atuar de agora até a convenção do PMDB, marcada para 4 de dezembro?

LYRA – Eu gostaria de votar num deputado Ulysses Guimarães renovado, modificado, num estadista moderno, que aceitasse um diálogo permanente e pudesse entender a nova fase política que estamos atravessando. Mas o doutor Ulysses não vai mudar e eu

não vou votar nele. Prefiro um candidato que tenha a visão e a versatilidade de um estadista.

VEJA – Quem é esse candidato capaz de unir o partido até dezembro?
LYRA – O PMDB tem um nome que se enquadraria nesse perfil de um candidato novo, não na idade, mas na forma de pensar e agir. Um candidato descompromissado com as velhas fórmulas de fazer política do partido. Esse candidato é o senador Fernando Henrique Cardoso.

VEJA – O senador Fernando Henrique Cardoso já foi convidado para essa candidatura? Há informações de que ele não aceitaria ficar no lugar do deputado Ulysses Guimarães...
LYRA – Eu busco a verdadeira unidade. Pelo que senti nos contatos dentro do partido, o nome do senador Fernando Henrique Cardoso é consensual. O senador pode recusar a candidatura mais de mil vezes e ainda assim continuarei, até a véspera da eleição, a trabalhar pelo seu nome, que agrega a maioria do PMDB.

VEJA – Aparentemente, o senador Fernando Henrique Cardoso está em campanha pela reeleição do deputado Ulysses Guimarães para a presidência do PMDB.
LYRA – O processo político é tão dinâmico que, às vezes, algumas pessoas subestimam-se. A superestimação é um erro político grave, mas a subestimação também o é. Nesse caso, o senador Fernando Henrique se estaria subestimando. De qualquer forma, isso não impede que o movimento pela sua candidatura continue.

VEJA – O senhor está buscando novas alianças dentro do PMDB?
LYRA – Eu me aliei ao governador Tancredo Neves, mas não sou moderado, nem tentaria fazer do doutor Tancredo um autêntico. Sou aliado do governador Tancredo Neves por entender que a sua estratégia é a mais adequada. Ele é um homem que tem experiência e vivência política para o grande momento que se aproxima.

VEJA – Que momento é esse?
LYRA – O de consolidar as conquistas. Muita gente pensa em eleições diretas, em ser governo, e esquece o momento crucial de assumir o governo num regime que terá de ser de transição, quando serão consolidadas as conquistas democráticas através de uma nova Constituição, advinda da Assembléia Constituinte, e será obtida a reorientação da economia para alcançar o prestígio da indústria nacional e do mercado interno. Essa transição precisa ser administrada por um homem que tenha a visão de estadista. E esse homem é o governador Tancredo Neves.

VEJA – O governador Tancredo Neves é o seu candidato à Presidência da República pelo PMDB?
LYRA – Estou trabalhando para isso. Entendo que a hora pós-eleitoral será a hora da consolidação, e para isso é preciso de alguém que tenha uma grande experiência de governo.

VEJA – Como seria esse governo de transição?
LYRA – As fórmulas surgirão naturalmente, mas eu imagino que seria um governo de, no máximo, três anos, com a convocação da Assembléia Constituinte para 1986.

VEJA – Esse governo de transição seria alcançado agora, com as eleições diretas, ou o senhor também trabalha com a hipótese de um candidato de consenso nas eleições indiretas?
LYRA – Sempre disse ao governador Tancredo Neves que o consenso e as eleições diretas significam a mesma coisa. Não se consegue as eleições diretas para a Presidência sem o consenso.

VEJA – Numa eleição direta para presidente o governador Tancredo Neves teria condições de vencer o governador Leonel Brizola, do PDT?
LYRA – O governador Leonel Brizola disse reiteradas vezes que o próximo período tem de ser de transição, de consolidação das conquistas democráticas. E a maior prova disso é que ele sugeriu um período de mais dois anos para o presidente Figueiredo.

VEJA – O senhor acredita que o governador Leonel Brizola poderá desistir de concorrer em eleições diretas para a Presidência?

LYRA – Ora, se ele admite dar mais dois anos ao presidente Figueiredo, poderá concordar com um período de transição de dois ou três anos para um candidato da oposição, que seria o governador Tancredo Neves. Acredito muito no patriotismo do governador Brizola, mas é preciso deixar uma coisa bem clara: numa negociação ampla como a que pretendemos, o governador Brizola é uma peça fundamental.

VEJA – O senhor aprova a idéia de um governo transitório com o presidente Figueiredo?

LYRA – A prorrogação do mandato de Figueiredo, a reeleição do presidente ou o mandato-tampão não têm nenhuma repercussão positiva em todas as áreas que conheço. Não vejo nenhuma receptividade para essas idéias, mesmo entre aqueles que têm em Figueiredo um líder. A não ser o ministro César Cals, não vejo ninguém defender a reeleição do presidente Figueiredo.

VEJA – Agora que o governo conta com o apoio do PTB e recuperou a maioria na Câmara Federal, ainda é possível que aceite esse pacto nacional?

LYRA – Uma coisa é a maioria eventual na Câmara, outra é a maioria do país, da sociedade brasileira. O governo sabe que está isolado, e sabe que não tem o PDS ao seu lado, a não ser circunstancialmente. Essa é uma aliança efêmera, que não representa a sociedade brasileira.

VEJA – Com eleições diretas para presidente, haveria outra reforma partidária?

LYRA – A eleição direta possibilitará uma reestruturação partidária, uma busca de uma nova realidade, com a possibilidade de todas as tendências políticas serem representadas.

(Entrevista publicada na revista *Veja*, em 16 de dezembro de 1983)

TRABALHAMOS PARA RACHAR (AINDA MAIS) O PDS

Estávamos ainda no início da campanha a favor de Tancredo e pelas diretas. Foi quando o chamei e disse da minha preocupação com a posição interna do PMDB, pois não podia parecer que a defesa da sua candidatura parecesse uma defesa do Colégio Eleitoral. Ele concordou plenamente e disse-me:

– Temos que transformar isso em realidade.

Engajados na campanha pelas diretas, sabíamos que a emenda não tinha nenhuma condição de ser aprovada sem o apoio de parte do PDS.

– Então você procure algumas pessoas para formar um comitê das diretas dentro do PDS, acrescentou.

Foi o que fiz. Do aeroporto fui direto à Câmara, onde, como primeiro-secretário, iria presidir a próxima sessão.

Não perdi tempo. Procurei Albérico Cordeiro, que era deputado de Alagoas pelo PDS. Eu sabia que ele estava com dificuldades para exercer o mandato por causa das divergências internas do seu partido em Alagoas de repercussão no cenário nacional.

– Albérico, você que é jornalista, como está nessa situação? O que acha da campanha pelas diretas?

– Acho um negócio bonito – ele me respondeu.

– Então, por que não abre uma dissidência no PDS e se torna o líder da campanha pelas diretas no partido? Esse é o tipo de dissidência que vai ter uma grande aderência porque a campanha pelas diretas já caiu no gosto popular. Você vai ficar em evidência.

Ele se entusiasmou tanto com a idéia que, dias depois, já estava reunido com um grupo de deputados para tratar do assunto na minha sala, a da primeira-secretaria.

A partir daquele momento, fruto da articulação de Albérico, é que começou a dissidência no PDS, que mais tarde se transformou em Frente Liberal.

Isso tomou tal vulto que, para minha surpresa, quando voltei de uma viagem à Europa, li no avião a revista *Veja* e lá estava uma foto de Albérico convidando Aureliano Chaves (então presidente em exercício, porque Figueiredo tinha ido se operar nos Estados Unidos) a fazer parte do seu grupo pró-diretas.

Albérico foi muito mais além do que eu imaginava. Isso era só o embrião de tudo, mas um passo importantíssimo para consolidar todo o resto.

DUAS "RAPOSAS" SE ENCONTRAM

Nas primeiras conversas com doutor Tancredo, ele me deixou claro que qualquer candidatura de oposição a presidente para se viabilizar, jamais poderia prescindir do apoio de setores importantes da esquerda.

Numa das vezes em que estive em Belo Horizonte articulando a sua candidatura, perguntei-lhe:

– Doutor Tancredo, na sua opinião, quem representa a esquerda?

– Chico Pinto e Arraes.

Era como se ele dissesse: "Conseguindo o apoio desses dois, considero que tenho o apoio da esquerda".

Fui, então, procurar Chico Pinto, meu velho companheiro do Grupo Autêntico, com bom trânsito na área militar. Conquistar o seu apoio a Tancredo na convenção do PMDB não seria tão difícil porque ele tinha a mesma opinião que eu sobre o doutor Ulysses.

Como eu supunha, Chico Pinto fechou conosco – e isso foi decisivo naquele momento porque, além do prestígio que ele detinha na opinião pública, fazia parte do comando do PMDB. Em termos de frente de esquerda era um dos mais avançados e respeitados, entre outras razões por seu marcante nacionalismo.

É preciso lembrar que naquele momento – junho de 1983 – a idéia da candidatura de Tancredo era ainda muito embrionária, circulava *au petit comité*, tanto que, quando procurei doutor Arraes, ele agradeceu a lembrança do seu nome, mas pediu que aguardássemos. Quando fosse o momento certo, ele me chamaria para marcarmos um encontro seu com doutor Tancredo.

Esse momento certo não tardou. Em janeiro de 1984, viajei com ele a Belo Horizonte e, depois, ele, doutor Tancredo e eu tivemos outro encontro na minha casa, em Brasília.

A conversa foi sobre como seria um novo governo, que concepções de mudança trazíamos. Num tema que bem interessava a doutor Arraes, doutor Tancredo falou muito, usando quase as palavras dele sobre a problemática do Nordeste, fazendo crítica a certas usinas, falando das dificuldades do homem do campo etc.

Era bem o estilo Tancredo. Antes de marcar um encontro, ele se preparava, estudava o interlocutor e definia a pauta que mais interessava. O mesmo aconteceu na sua reunião com Chico Pinto: a visão nacionalista dele foi o que Tancredo mais explorou. E neste caso era ainda mais fácil para ele, que havia sido ministro do governo nacionalista de Getúlio Vargas.

Entendi que houve uma empatia muito especial entre Tancredo e Arraes. Creio que o que facilitou o entendimento e o apoio – isto, é claro, não vai além de uma forte suposição minha – foi que Arraes não era muito simpático a Ulysses.

DESFIZEMOS UMA CONSPIRAÇÃO

No início do segundo semestre de 1984, recebi em Brasília uma ligação de um primo meu, José Wilson, que morava no Rio de Janeiro. Ele me disse que um amigo seu precisava ter um encontro comigo para falar de algo muito sério.

Acertei o encontro, em Brasília, com um coronel, que me transmitiu o interesse de comandantes da Aeronáutica do Rio de Janeiro para uma conversa sobre as eleições presidenciais. Logo após, fui ao Rio e, na sede do Comando, me encontrei com o brigadeiro Moreira Lima (chefe do Comando-Geral da Aeronáutica) e Murilo Santos (chefe do seu Estado Maior). Eles me solicitaram que comunicasse ao doutor Tancredo o interesse que tinham na sua candidatura.

Conversamos sobre temas da área militar – de como o brigadeiro Délio Jardim de Matos, ministro da Aeronáutica e apologista da candidatura Maluf, chegava até mesmo a levar deputados para encontros políticos no seu gabinete, e de outros temas do gênero. E, decidimos que, a partir daquele momento, se houvesse qualquer novidade o coronel me procuraria. Embora não tivesse nenhuma ligação com a área militar, levei a doutor Tancredo o apoio dos dois que me procuraram.

Passados alguns dias, ligou-me o coronel e acertamos a conversa. Na manhã do dia seguinte, no meu apartamento, em Brasília. A pauta foi um assunto da maior gravidade.

Ele me transmitiu uma mensagem dos brigadeiros. No domingo anterior, houvera um encontro, em Foz do Iguaçu, do qual participaram o ministro do Exército, Walter Pires, o presidente do Senado, Moacir Dalla, e o presidente do Supremo Tribunal Federal, Cordeiro Guerra.

A motivação deles era conceber uma estratégia política para impedir que os votos dos dissidentes do PDS, que seriam dados a Tancredo, fossem considerados válidos. Havia um plano bem traçado para isso.

Como os votos do colégio seriam recolhidos pela Mesa do Senado, seu presidente comunicaria que só seriam computados os votos dados a um candidato do mesmo partido do votante no

Colégio. Desse modo, Tancredo só obteria os votos do PMDB e conseqüentemente, perderia a eleição.

Se posta em prática, a idéia inviabilizaria a própria candidatura de Tancredo, que era resultado de muitos acordos, costuras e soma de votos de todos os lados. Os conspiradores já contavam que surgisse um recurso da oposição, e estariam preparados para isso. Se o assunto fosse ao Supremo, o seu presidente (Cordeiro Guerra) apoiaria a posição do presidente do Senado (Moacir Dalla), garantindo a "legalidade" do ato, e o Exército (Walter Pires) garantiria a decisão do Supremo.

Por coincidência, uma hora depois que eu fiquei sabendo dessa conspiração, procurou-me o jornalista Henrique Alves, da revista *Veja*. Perguntou-me pelas novidades e eu lhe disse que tinha uma muito quente, mas era coisa para as páginas amarelas ou a página de opinião, as de maior destaque da revista. Ele entrou em contato com a sucursal em Brasília, chefiada por Etevaldo Dias, que consultou Elio Gaspari, em São Paulo. As páginas que pedi já estavam impressas. Mas eles abririam uma exceção para um artigo meu assinado literalmente (com a minha rubrica, inclusive), na seção de política.

Concordei em denunciar aquela "bomba" do jeito que eles ofereciam, mas antes tive o cuidado de pedir a autorização de doutor Tancredo. Ele foi ainda mais cauteloso:

– Faça o que lhe aprouver. Mas com uma condição: não generalize.

Cumpri à risca o que ele me pediu. Tranquei-me no meu gabinete com Etevaldo Dias e, durante toda uma tarde, preparamos o texto. Foi um trabalho difícil porque cada palavra tinha de ser medida para evitar qualquer interpretação dúbia ou diferente daquilo que realmente interessava.

Minha ansiedade pela matéria foi tanta que terminei viajando a São Paulo para ler a revista logo que saísse da gráfica, antes de ser lida pelo próprio SNI. Saiu o texto com a denúncia e ela repercutiu de forma paradoxal: todo mundo se calou. Não se falou mais naquele assunto de restringir os votos.

O que deve ter ocorrido é que a denúncia do fato fez com que se abortasse qualquer tentativa de golpe real, por incipiente, tímido e localizado que fosse.

ARTIGO
Fernando Lyra

"Estão tramando um golpe"

Tentam-se, até mesmo, novas alquimias para roubar os votos dos delegados estaduais aliancistas.

Vivemos uma situação tão perigosa quanto a que produziu o movimento de 1964, embora sob outra roupagem. Agora, uma pequena minoria fascista, majoritariamente civil e com cobertura de setores militares, tenta dar um "golpe branco" destinado a desestabilizar a candidatura de Tancredo Neves e a assegurar aos seus autores a continuidade no poder.

Não tenho a menor dúvida de que o tom agora dado à campanha malufista é uma demonstração evidente do processo preparado e posto em prática pelo braço político do fascismo, acobertado pelos órgãos de informações e gerenciado pelo ministro da Justiça, Ibrahim Abi-Ackel, usando a Polícia Federal e todos os meios sórdidos de corrupção e subversão. Paralelamente à persuasão por meio do dinheiro, a campanha malufista evoluiu para a adoção de métodos de força. Daí então a repressão, a invasão de jornais e a absurda prisão em massa de militantes esquerdistas neste final de semana.

As seguidas reportagens de *Veja* mostrando a escalada de ações clandestinas perpetradas por grupos residuais militares na tentativa de confundir a opinião pública provam o objetivo do estabelecimento de um clima propício a um golpe. Explicável, então, a reunião de 400 oficiais do Exército, articulada pelo Ministério do Exército e coordenada pelo general Iris Lustosa, chefe do Centro de In-

formações do Exército (CIEx), para uma aula de anticomunismo, desculpa para a acusação de apoio dos comunistas ao candidato da Aliança Democrática, Tancredo Neves, tentando intrigá-lo com o Exército.

A cada dia, consolidada a convicção de que a candidatura governista não toma alento, os métodos de aliciamento vêm tomando um tom de despudor geral, sem disfarce. Cinicamente, o presidente do Senado, Moacyr Dalla, assim como os demais representantes malufistas no colegiado, impôs o voto secreto para a escolha dos delegados das Assembléias, exorbitando das prerrogativas constitucionalmente estabelecidas. O malufismo conspira às claras para inviabilizar o processo sucessório. Tentam-se, até mesmo, novas alquimias para roubar os votos dos delegados estaduais aliancistas.

Por fim, estarreceu a nação a intervenção federal na Assembléia do Maranhão, cujos deputados fizeram sua escolha submetendo-se a cárcere privado, cedendo a ameaças de instauração de processos criminais, à mira das metralhadoras e à presença coatora do general Danilo Venturini, secretário-geral do Conselho de Segurança Nacional.

Dada a sua natureza, todas estas manobras que se armam contra o país exigem, para a sua asfixia, a criação de uma frente antigolpe formada pelas Forças Armadas, entidades civis, empresários e trabalhadores, para lutar pela preservação da abertura política. É dever dos governadores de Estado que apóiam a Aliança Democrática se manterem alertas e denunciarem à nação todo tipo de tentativa de desestabilização do país. No Congresso Nacional, estaremos em vigília permanente até o dia 15 de março, para garantir a consolidação da abertura democrática.

A REUNIÃO SECRETA QUE TIVE COM MARCHEZAN

O grande problema da eleição em 1985 para presidente da República era definir os candidatos. Coisa tão ou mais importante até do que saber por qual sistema se daria. Preocupado com isso, promovi uma reunião secreta na minha casa, em Brasília, com o líder do governo, Nelson Marchezan, e o líder do PMDB no Senado, Fernando Henrique Cardoso.

Propus abertamente a Marchezan o voto dele na votação da emenda das diretas e sugeri que ele saísse candidato pelo PDS. Propus a mesma coisa a Fernando Henrique que, em minha opinião, deveria ser o candidato do PMDB, no caso da aprovação da emenda das diretas. Eu tinha certeza de que convenceria doutor Tancredo a apoiá-lo ao invés de apoiar doutor Ulysses.

No que pese eu admitir doutor Tancredo como candidato tanto nas eleições diretas quanto no Colégio Eleitoral, eu sabia que os perfis exigidos para cada uma daquelas modalidades eram distintos.

Por via indireta, doutor Tancredo tinha chances muito maiores, porque era um moderado por formação e um conciliador por temperamento e comportamento. Ele teria a confiabilidade dos setores que poderiam reagir numa eleição indireta, principalmente os militares. Isso era bem diferente no caso das eleições diretas. E eu queria a sua aprovação para o nome de Fernando Henrique.

Eu tive essa conversa com Fernando Henrique e Marchezan para ficar de consciência absolutamente tranqüila de que fizera de tudo para que as diretas passassem.

Fernando Henrique recebeu, é claro, muito bem a idéia. Mas no caso de Marchezan não vi nenhum entusiasmo. Ele era um bom caráter, mas não tinha coragem política de levar aquela minha idéia a Figueiredo. Isso ficou bem evidente depois da derrota das Diretas, num almoço que tivemos na casa do meu amigo Lu-

ciano Brandão, ministro do TCU, quando voltei a falar com ele, dessa vez sugerindo o seu nome para vice de Tancredo. A reação morna foi a mesma, menos pela vontade de ser do que pela coragem de levar o problema ao presidente Figueiredo.

COM QUEM ESTÁ FERNANDO HENRIQUE?

Fernando Henrique Cardoso era o presidente do PMDB de São Paulo e, por isso mesmo, importante no contexto partidário para a escolha de Tancredo Neves, que ainda não estava consolidado como candidato do partido. Franco Montoro era governador de São Paulo e Mário Covas, prefeito da capital. Roberto Gusmão, seu amigo e confidente, chefe da Casa Civil do governo Montoro, era o meu elo de ligação com o governo do estado de São Paulo. Fernando Henrique liderava o partido no senado.

Certo sábado, fui a Belo Horizonte falar com doutor Tancredo. De repente, no meio da conversa, ele me indagou de modo bem direto:

– Como está a posição de Fernando Henrique?

– Garanto que ele está conosco – respondi. Fernando Henrique é meu amigo e jamais negaria sua posição. Ele nos apóia pra valer.

– Pois veja esta entrevista.

Doutor Tancredo me mostrou então uma entrevista de Fernando Henrique ao jornal O *Estado de S. Paulo* daquele dia com declarações habilmente apoiando Ulysses ou que levavam a essa interpretação.

– Isso tem uma explicação, doutor Tancredo –, ponderei. Veja que a entrevista foi concedida em São Paulo, numa sexta-feira à tarde. Ulysses também é paulista, como Fernando Henrique, que preside o PMDB paulista. De sexta, à tarde, até segunda, pela manhã, ele está em São Paulo, mas em todos os outros dias da

semana ele se encontra em Brasília, onde vai acontecer a eleição para presidente. Por isso, fique tranqüilo, ele vota no senhor!

POR QUE O GOLPE MILITAR FRACASSOU

Quem quiser contar a história justa e certa do golpe militar de 1964 terá antes de tudo de reconhecer o seu enorme fracasso. Não, não estou fazendo nenhum tipo de revisão delirante da História.

Sei que pode parecer estranho falar da derrota e não do triunfo da ditadura instalada quando os militares assumiram o poder em 1964 pela força das armas. Mas não é necessário recorrer a nenhum historiador ou cientista político para saber que não havia, por parte dos golpistas, um projeto de democracia. Tampouco um roteiro de poder. O que houve, então? O contexto da Guerra Fria e fatores internos facilitaram a ação dos que, sem maiores preparativos, deram o golpe.

É sempre bom lembrar que quem efetivamente deu o golpe não foi nenhum dos articuladores da revolta contra o governo eleito – nem os militares principais e, muito menos, os civis. Foi um general Mourão Filho, que saiu do interior de Minas e precipitou tudo. O improviso terminou por funcionar. No entanto, não estava no *script* dos generais que a data para entrarem no Rio seria 31 de março e, muito menos 1º de abril e o local de partida seria o interior de Minas.

Outra coisa a relevar também é que o regime já nasceu dividido. Houve até uns poucos que, mesmo dentro do novo governo ditatorial, supunham uma volta rápida à normalidade democrática, – entre os quais alguns incluem o próprio Castelo Branco. Este era um segmento limitado.

Que me perdoem os admiradores de "democratas" como Castelo Branco, mas aquele tipo de democracia que eles enxergavam em

1964 não passava de uma caricatura, pois era uma democracia que, antes de tudo, teria de zelar por deixar a esquerda fora de qualquer disputa e indexava como subversivos, comunistas ou simples inimigos da pátria, todos os que não seguissem a ideologia dominante.

OS QUE AJUDARAM (E OS QUE RESISTIRAM) À TRANSIÇÃO

Por mais cuidadosos que tenhamos sido na escolha do nosso candidato – moderado, conciliador – assim mesmo o regime assimilou com dificuldade a transição.

Qualquer descuido ou passo em falso poderia pôr a perder um apoio fundamental ou uma articulação difícil levada a cabo durante meses.

Às vezes as dificuldades chegavam até a detalhes e simbolismos que hoje, talvez, pareçam um tanto pueris ou bizarros. Um exemplo: para poder realizar um comício em Manaus a favor de Tancredo, tive de pedir a alguns companheiros comunistas que não exibissem suas bonitas bandeiras vermelhas.

A reação das Forças Armadas ao vermelho era de tal ordem que algum espírito irônico ou paranóico poderia reagir contra até o triângulo vermelho da bandeira do Estado de Minas, de onde vinha o nosso candidato, e enxergar o lema escrito ali – *Liberdade ainda que tardia* – como uma provocação. Sorte que estava escrito em latim.

O fato é que Tancredo ainda não havia passado pelo Colégio Eleitoral e todo cuidado era pouco para não afetar os humores sensíveis do regime – fragilizado, fracionado, mas ainda e, talvez por isso mesmo, muito perigoso e de certa forma irresponsável.

O segredo da nossa vitória seria a unidade buscada por todos os meios. Até mesmo entre os descontentes dentro do próprio governo. Estou certo de que o enfraquecimento do sistema con-

tribuiu muito para a transição. Houve tentativas de resistir e unificar a área militar visando impedir a abertura, mas a divisão era tamanha que acabava sendo um estímulo aos dissidentes apoiar a democracia para derrotar o núcleo do poder.

Figueiredo foi um instrumento importante para a queda do regime, muito mais por suas deficiências. Não era, evidentemente, um sujeito tolerante e nunca foi um político; pelo contrário: tinha horror à política, como sempre souberam todos e ele fazia questão de deixar claro. Na verdade, ficou primeiro nas mãos do general Golbery e depois nas do ministro Leitão de Abreu.

O ministro Mário Andreazza, dos Transportes, não era também um homem vocacionado para a política. O único político no contexto deles era Maluf, mas sem a simpatia do núcleo do poder, principalmente porque havia se insurgido na década de 70 e derrotado internamente (na Arena) Laudo Natel, o candidato preferido dos militares ao governo de São Paulo. Aureliano era um político íntegro, mas demasiado udenista (nisto, nem parecia mineiro). O mais hábil no grupo deles, que era Petrônio Portela, já havia morrido.

Leitão e Golbery eram hábeis, mas para manter o poder, não para negociar a transição ou sequer a abertura. Golbery, aliás, era louco pelo poder e só o deixou quando não teve mais forças para mantê-lo.

O coronel Jarbas Passarinho, outro artífice do regime, é evidentemente um homem sério, mas castelista e geisista ao extremo. Ainda hoje acredita que houve uma revolução democrática com o golpe dado pelos militares.

Quanto a Marco Maciel, sempre conversou bem com os militares, fruto do aprendizado que teve, em Pernambuco, com Nilo Coelho e Paulo Guerra – além do coronel Heitor de Aquino, no

plano nacional. Esses que foram os seus mestres em política. Um estilo que o caracteriza – em todos os cargos que exerceu, foi que, como um dos homens mais importantes nos grupos do poder, se comportava como se quase não tivesse nenhuma ação.

UM LONGO ENTENDIMENTO POLÍTICO

Se alguém pudesse escolher um ano que, sozinho, reunisse uma súmula das inquietações políticas simultaneamente no Brasil e no mundo, não tenho dúvida de que 1968 seria um candidato fortíssimo. Foi esse o ano emblemático da contestação e – sempre vizinha a ela – da utopia, motor de toda uma geração.

Talvez contagiado pela ânsia de liberdade e de democracia, no segundo semestre de 1968, fundei, no Recife, um jornal. Tinha periodicidade semanal. Nesse tempo conheci uma jornalista notável,

O ministro Fernando Lyra e Jarbas Passarinho

Cristina Tavares, que trabalhava na *Folha de S. Paulo*, e convidei-a para escrever no meu recém-criado semanário, que se chamava *Edição Extra*. Contei também na equipe com outros jornalistas de primeiro nível, como Ricardo Noblat, Celso Rodrigues e Fernando Mendonça. Mas logo veio o AI-5 e o jornal parou também no número cinco: não conseguiu chegar à sexta edição.

Somente revi Cristina Tavares alguns anos depois, ela já trabalhando em Brasília, onde eu era deputado federal (ela mudou-se para lá em 1976). Já nesse tempo senti uma vocação política na jornalista e, até mais que vocação, o desejo de ingressar na vida política, e passei a incentivá-la nesse sentido.

Construímos então uma amizade tão grande que, em 1978, quando, aos 39 anos, tive um infarto e passei 12 dias no hospital, autorizado a receber somente pouquíssimas visitas, ela foi justamente uma das mais constantes.

Logo recuperado, passei a trabalhar na candidatura de Jarbas Vasconcelos ao Senado. Jarbas me transferiu as bases que tinha na Zona da Mata Norte de Pernambuco, a partir de Nazaré da Mata. Eu preferi ceder a Cristina essas bases para que ela se elegesse deputada federal.

Foi esse o primeiro de um longo entendimento político que tivemos juntos, materializado em tantas campanhas memoráveis, como a de Jarbas a prefeito do Recife. Cristina Tavares tornou-se uma das maiores lideranças políticas de Pernambuco, um apoio fundamental durante o período da transição democrática, e durante muito tempo foi a única mulher parlamentar de Pernambuco na bancada federal (só em 2006, com a eleição de Ana Arraes, foi que isso mudou).

Ao lembrar os que contribuíram tanto para a transição democrática e a eleição de Tancredo, nunca poderia deixar de homenagear a minha saudosa e querida amiga Cristina.

A ANGÚSTIA TOMA CONTA DE NÓS

Freitas Nobre, Getúlio Dias, Amaury Müller, o que seria para dizer da eleição? Foi um momento indescritível aquele que antecedeu o dia da eleição de Tancredo. Toda a sociedade brasileira, todo o povo brasileiro se engajou como se fosse realmente uma eleição direta, no voto. Mas doutor Tancredo se consagrou presidente da República pelas manifestações que não se poderiam traduzir em voto, porque era no Colégio, mas a sensação, em qualquer parte aonde chegávamos, era que ele era eleito pela maioria esmagadora do povo brasileiro. O dia da eleição traduziu a euforia. Já entramos no plenário sabendo que ele seria eleito presidente pela maioria absoluta. E, pela primeira vez, aquele Colégio Eleitoral, que era um artifício da ditadura transformou-se na vontade do povo brasileiro. Por ironia do destino, lá estavam candidatos do governo que não eram do governo, e o do povo brasileiro, que era Tancredo.

Como seria a estratégia política do início do governo? Este foi o assunto da longa conversa – das dez da manhã à uma hora da tarde – que eu tive com doutor Tancredo, no Riacho Fundo, no dia 10 de março, um domingo, a poucos dias da posse.

Na noite do dia seguinte, estive o tempo todo com Cristovam Buarque – que seria o chefe-de-gabinete do Ministério da Justiça. Fazíamos os preparativos da posse, que se daria na sexta-feira daquela semana. Já eram oito horas da noite quando cheguei em casa. Minha mulher, Márcia, me avisou que Aecinho (Aécio Neves) havia telefonado e perguntado o número de telefone do dr. Renaud Matos, diretor do Serviço Médico da Câmara dos Deputados.

Imediatamente tentei falar com Aécio, mas não consegui. Então, tentei o dr. Renaud, que me informou ter Aécio o procurado porque uma irmã de doutor Tancredo não estava passando bem.

Ansioso por notícias, logo fiquei sabendo de algo que me deixou ainda mais apreensivo: era doutor Tancredo que estava com uma crise de apendicite. Mesmo sabendo que o dr. Pinheiro – médico-cirurgião da Câmara – estava no Riacho Fundo, cuidando dele, não diminuiu a minha preocupação. Nem quando tentaram me tranqüilizar dizendo que tudo seria controlado com medicamentos.

Não soube maiores novidades da evolução do quadro, no dia seguinte. Mas, na quarta-feira, o dr. Pinheiro confirmou o que eu já temia: o quadro era de cirurgia. Ele, porém, conseguiria contornar a situação para que a intervenção só fosse feita depois da posse.

A partir daí a preocupação se transformou em angústia. Lembro-me de que, desde aquele dia 10, só estive com doutor Tancredo apenas na noite em que a revista *Manchete* lhe ofereceu um jantar. Não compareci à missa da véspera da posse porque fui representá-lo em outro jantar, que lhe foi oferecido pelo presidente Mário Soares, na Embaixada de Portugal. Lá estavam, entre tantos outros, Fernando Henrique Cardoso e José Aparecido.

Já no fim do jantar – por volta das 10 e meia da noite – um telefonema de urgência aumentou o meu sobressalto. Era o senador José Sarney me informando que o doutor Tancredo havia sido internado naquela hora mesma, no Hospital de Base. Ficamos como loucos, pedimos licença, e fui com Fernando Henrique para lá.

Doutor Ulysses, José Sarney, Francisco Dornelles, o general Leônidas Pires Gonçalves, o general Ivan de Souza Mendes – do SNI – e José Hugo Castelo Branco, indicado chefe da Casa Civil, estavam juntos, numa sala no andar cirúrgico. O assunto era um só: doutor Tancredo sendo operado, quem tomaria posse? Ulysses, presidente da Câmara, ou Sarney, vice-presidente?

Eles saíram do hospital para reuniões com Leitão de Abreu – chefe da Casa Civil do presidente Figueiredo – e com Afonso Ari-

nos. Mais de duas horas foram ocupadas nisso. Voltaram com a decisão de que tomaria posse o vice, José Sarney.

Resolvida a angústia sobre quem tomaria posse, tivemos de ir – eu e Francisco Dornelles – à diretoria da Receita Federal no Ministério da Fazenda – para refazer todos os ofícios com a nomeação dos ministros que haviam sido assinados por doutor Tancredo e deveriam agora ser assinados por José Sarney. De madrugada, às três horas, terminamos tudo.

Pouco tempo depois, fui à TV Globo fazer um pronunciamento comunicando o que ocorria com doutor Tancredo e tranqüilizando o país ao informar que seria empossado, interinamente, o vice, José Sarney. E que esperávamos a pronta recuperação do presidente, doutor Tancredo Neves.

Após um breve descanso em casa, tive de voltar outra vez à TV Globo, para uma entrevista ao *Bom dia, Brasil*, às sete horas da manhã. Logo na saída, quem me esperava era o jornalista Fernando César Mesquita (que depois viria a trabalhar no Planalto).

– Vamos à casa do senador Sarney. Ele está muito angustiado e nervoso. Jamais imaginou passar por isso!

Fomos lá e tomamos o café da manhã com Sarney. E ficamos juntos até a hora da posse. Fomos juntos à Catedral de Brasília e o acompanhamos quando ele entrou no Rolls-Royce, para se dirigir ao Congresso, passar em revista as tropas e subir a rampa do palácio. Dever cumprido. Foi o dia mais angustiante dos meus 32 anos de vida parlamentar.

Meu caro Fernando,

O pesadelo acabou. Fica a esperança ansiosa deste povo e a responsabilidade dos políticos de saberem administrar a herança do doutor Tancredo. Um grande desafio! Este país, agora, deve caminhar corajosamente na direção de mudanças profundas e significativas.

Fica também uma grande amizade entre nós. E a certeza de que a família Neves guarda, por você, um carinho todo especial (um dia te falo das razoões).

Ontem um cidadão me entregou esses papéis. Não me custa passá-los a você. Veja do que se trata, com atenção (não conheço a pessoa).

Meu abraço fraterno, repleto de paz e coragem,

Frei Betto,

Brasília, 23 de abril de 1985.

Carlos Alberto Libânio Christo, Frei Betto, *é escritor e jornalista*. (A foto é de Rose Brasil).

O COMANDO TROCOU DE MÃOS

Eu havia falado com doutor Tancredo Neves, num domingo, sobre o Ministério da Justiça e sua composição. No dia seguinte, veio a notícia da sua doença. E pegou a todos de surpresa. Não pensei, no início, que fosse algo muito grave. Só muito tempo depois é que associei aquela doença repentina a uma situação que vivi, quase um ano antes, com doutor Tancredo em Minas Gerais, quando ele ainda era governador.

Ele me chamou para ir a Minas Gerais, marcou para almoçarmos no Palácio Mangabeira, mas o chefe da Casa Civil, deputado

Carlos Cotta, me ligou dizendo que o doutor Tancredo não poderia almoçar. Assim, Cotta foi buscar-me no aeroporto e almoçamos juntos no Othon Palace. Fui ao Mangabeira três horas mais tarde.

Ao chegar ao palácio, fiquei na sala de estar esperando doutor Tancredo, que vinha do primeiro andar. Quando ele desceu, me surpreendi que estivesse de chambre. Quando me cumprimentou, o senti febril. Disse que tinha gripe, mas sem aparentar nenhum sintoma característico disso. Talvez aquela febre que senti que ele teria já fosse decorrente da diverticulite de que há muito ele sofria, como soubemos depois. Ele havia tido uma crise nos Estados Unidos, em uma das suas viagens ao exterior, logo depois de eleito. A verdade é que sofria, resistia, não queria operar, principalmente às vésperas da posse, preocupado com a consecução da transição democrática.

No início, não pensamos que seu problema de saúde fosse tão grave. Havia a esperança de que a crise logo passasse. Só depois de alguns dias me dei conta da gravidade extrema da situação e, quando ele foi para São Paulo, não vi mais nenhuma perspectiva positiva.

Estive com ele somente uma vez durante toda a sua hospitalização. Depois de sua primeira operação – numa quinta-feira, à noite. Dois dias depois, fui visitá-lo. Eu era amigo do médico da Câmara dos Deputados, que me levou à UTI. Doutor Tancredo estava sentado, aparentemente bem, acompanhado da irmã, que é freira.

Não poderia haver quadro mais difícil para mim, que trabalhei tanto para eleger Tancredo. Ele está a ponto de assumir, escolhe os ministros, assina todas as nomeações, mas, na madrugada do dia 14 para 15, é internado às pressas. Tiveram de ser refeitos todos os atos de nomeação, para serem assinados novamente, desta vez por José Sarney, que era quem iria assumir e dar posse aos ministros.

Quando o visitei no hospital, doutor Tancredo estava calmo e parecia bem. Tranqüilizei-o quanto ao quadro político, e disse-lhe que estava correndo tudo como esperado. Disse ainda que Sarney estava sendo muito correto durante todo o processo de transição, que eu esperava vê-lo restabelecido logo, e fui embora. Não pensei que aquele seria nosso último encontro.

Doutor Tancredo nunca me falou de nenhum problema de saúde. Nossos encontros sempre foram políticos. Sem nenhuma intimidade. O máximo de proximidade era ir à casa dele ou ele à minha – como foi, numa das vezes, com doutor Arraes, e outras com Carlos Chagas e Carlos Castelo Branco.

Geralmente eu me encontrava com ele para inteirá-lo das notícias e, uma ou outra vez, para resolver alguns problemas, como aquele da liderança do deputado Pimenta da Veiga. Depois de eleito, ele fez uma viagem ao exterior e, na volta, me procurou para conversar sobre a formação do ministério.

Não me lembro de onde estava quando ele morreu – talvez em Brasília – nem de quem me deu a notícia. Não soube como me preparar para o momento seguinte. Deixei o tempo correr, porque se há imprevisibilidade quanto à vida, muito maior quanto às conseqüências da morte.

Como a maioria da população, eu sabia muito pouco do que acontecia no hospital, em São Paulo. Quem me dava notícias dele, nas poucas vezes em que fui a São Paulo, era Frei Betto. Antônio Britto apenas acompanhava o processo, era o porta-voz dos boletins, não tinha acesso à UTI, onde doutor Tancredo passou quarenta dias.

Não sei de qualquer *frisson* de conspiração na área militar, nem dos que eram contrários a Tancredo, quando ele morreu. A verdade é que eu não tinha a menor idéia do que iria ocorrer dali

para frente. Só tinha certeza de uma coisa: de que o comando do processo, que era nosso na área política, ia sair de nossas mãos.

NUNCA PENSEI QUE SERIA MINISTRO

Nunca pensei que seria escolhido por Tancredo para qualquer ministério. Terminada a campanha vitoriosa dele, sob a minha coordenação, naturalmente alguns colegas começaram a me cobrar: como eu tinha articulado a candidatura desde o início, imaginavam que eu estava de olho em algum ministério. Mas nunca me preocupei com isso, porque tenho um lema na minha vida: quem coordena não postula. Lembro-me até de que doutor Tancredo, antes da posse, convocou todos os deputados que votariam nele e perguntou-lhes quais os cargos que lhe interessariam, estando no governo. Eu tenho a impressão de que o único que não postulou fui eu.

Claro que houve muitas especulações por parte dos amigos e políticos ligados a Tancredo quanto aos possíveis cargos. Se eu assumiria algum e qual seria.

Houve um momento em que Aécio Neves e Tancredo Augusto (neto e filho de Tancredo, respectivamente) me telefonaram do interior de Minas para dizer-me que eu assumiria a Casa Civil. Portanto, as afirmações e insinuações daqueles que dizem que lutei por ministérios não passam de deduções de quem não tem a informação correta.

Não só Aécio estava convencido de que eu iria para a Casa Civil. Dornelles também pensava assim. Quanto a mim, nunca imaginei que assumiria aquele cargo, tampouco o da Justiça. Mesmo assim, Dornelles providenciou o envio do organograma da Casa Civil – junto veio o da Casa Militar – e notei uma coisa curiosa: arquitetonicamente idênticos. A razão era simples: ambos haviam sido feitos por militares, isto é, ambos eram militares,

sendo a outra Casa civil somente no nome. Foi nessa oportunidade que, através de uma amigo, Aluízio da Costa e Silva, me apresentou ao embaixador Rubens Ricupero, com quem iniciei a tentativa de reformulação da Casa Civil.

Tancredo não me convidou, em nenhum momento, para ser ministro. Anunciou publicamente que eu seria o ministro da Justiça. Tenho a impressão de que ele só me escolheu ministro da Justiça quando entendeu melhor dar a mim o papel que ele tivera no governo Vargas e no governo Goulart – o de coordenador político. Desse modo, no ministério, eu passaria a ser o coordenador político, de fora do Planalto.

Já anunciado ministro, fui chamado por ele para uma reunião na granja do Riacho Fundo, durante a qual me apresentou ao futuro diretor-geral da Polícia Federal, o coronel Alencar Araripe, que foi o único cargo do Ministério da Justiça que não escolhi. Levei os nomes que eu havia escolhido para meus assessores, e a composição do ministério como um todo. Ele confirmou nesse encontro o nome de Sepúlveda Pertence como procurador-geral da República, o meu indicado, no lugar do indicado de Ulysses Guimarães, que era o jurista Miguel Reale Jr., filho do velho Miguel Reale.

Doutor Tancredo me pediu, então, que comunicasse a Ulysses que o procurador não seria o preferido dele. Mas não o atendi, porque considerei um gesto insólito, e pedi a minha amiga Vera Brandt o favor de fazer aquilo no meu lugar.

É claro que doutor Tancredo não me explicou porque preferiu escolher sozinho o diretor da Polícia Federal, mas isso se deu, obviamente, porque ele tinha um acordo com o SNI para a transição.

ULYSSES PREFERIU VIOLAR A CONSTITUIÇÃO

Sempre me relacionei muito bem com o senador José Sarney. Mas, com Tancredo morto, na transição política mudava tudo. A sensação que tive que havia feito uma escolha minuciosa, que atendia a uma premonição política, um sonho, para viver um pesadelo. É necessário destacar, porém, que Sarney cumpriu todos os compromissos da minha pasta – o Ministério da Justiça – assumidos por Tancredo. Só depois é que, certamente pressionado por Ulysses, que se aproveitou da reforma ministerial, me alijou do ministério.

Sei que Sarney jamais imaginou ser presidente. Pensou em ficar tranqüilo no Palácio Jaburu e substituir doutor Tancredo nas eventualidades, e continuar a sua vida de escritor, que é o que ele gosta de fazer. Então, sofremos juntos durante a doença de Tancredo. Ele passava tal veracidade de sentimentos que, quando eu falava com ele, sabia exatamente se ele havia melhorado ou piorado devido à expressão do seu rosto. Quando via Sarney tenso, preocupado, eu tinha certeza de que doutor Tancredo não estava bem. Coincidentemente foi ele, Sarney, quem me avisou da internação de doutor Tancredo Neves, quando eu jantava na Embaixada de Portugal.

Apesar de tudo isso, confesso que depois do falecimento do doutor Tancredo, não imaginei que seria mantido no Ministério da Justiça, mas José Sarney foi correto e me manteve por quase um ano. O Ministério da Justiça foi o ápice da minha vida pública. Consegui ali cumprir todas as promessas para a efetivação da transição democrática.

Evidentemente, no governo Sarney o meu papel no Ministério da Justiça não poderia ser o mesmo que o doutor Tancredo idealizava – o de coordenador político. Até a morte dele, desempenhei essa tarefa, até mesmo porque as reuniões do conselho político que eu criei, resultavam do trânsito natural que eu tinha na Câmara e

no Senado ligando todo o Congresso, por meio dos seus presidentes e líderes.

A partir do momento em que morreu Tancredo, embora o Palácio não tenha mudado a sua composição, mudou muito a minha força política, e isto era natural, porque eu nunca fiz parte do grupo que daquele momento para a frente iria comandar o país, nem era vinculado politicamente ao presidente Sarney nem a Ulysses, que se tornou, com a morte de Tancredo, o vice-presidente da Republica. Aliás, não tenho dúvidas de que doutor Ulysses se interessou muito mais pela minha saída do Ministério da Justiça do que o próprio presidente José Sarney.

Não estou dizendo que doutor Ulysses fazia oposição a mim (quem sou eu para afirmar isso?). O que sustento é justamente o contrário: a sua atitude em relação a mim era resultado da oposição que quase sempre lhe fiz, durante o processo de transição, quando inclusive preferi Tancredo na disputa interna do PMDB. Conseqüentemente, por mais que eu me esforçasse para atender às exigências da transição democrática, naquela oportunidade doutor Ulysses nunca me viu com bons olhos, tanto que, em dezembro de 1985, foi ele quem praticamente anunciou as mudanças no ministério. A posição dele foi explicitada pelo então ministro da Agricultura, Pedro Simon.

De tal ordem era a atitude de doutor Ulysses em relação a mim que ele preferiu violar a Constituição para não me ver eleito presidente da Câmara no seu lugar. Isso aconteceu quando, ao deixar o Ministério da Justiça e me eleger deputado federal novamente. Saí candidato a presidente da Câmara pelo consenso de vários companheiros, certamente a maioria. O que fez então doutor Ulysses? Ele sabia que a Constituição proibia a reeleição naquela oportunidade – janeiro de 1987 – tornada clara em pa-

recer da Comissão de Justiça da Câmara dos Deputados cujo relator foi o deputado Homero Santos. Mas, contrariando o parecer, ele se reelegeu presidente da Câmara, acumulando a presidência da Constituinte. Eu, que tinha quase 240 votos, fiquei, devido à sua manobra, reduzido a 151. Isso foi possível porque o presidente Sarney assumiu a candidatura de doutor Ulysses e todos os 16 governadores eleitos pelo PMDB trabalharam contra mim. Até mesmo o dr. Miguel Arraes e meu querido Carlos Wilson, que foi indicado como vice-governador para cooptar os companheiros da bancada.

Saí do Ministério da Justiça porque nunca fui o candidato – e jamais o seria – de doutor Ulysses para o cargo, e ele tinha muita influência junto ao governo Sarney. Não havia nenhuma razão para o presidente da República me proteger. Se alguém do PMDB, que era Ulysses Guimarães, não me defendia, por que Sarney o faria?

Ulysses não precisava do cargo. O cargo não era assim tão importante para ele. Precisava mesmo era de que eu saísse. Lembro-me de quando eu estava concedendo uma entrevista, em dezembro de 1985, à revista *Playboy*, a Ricardo Setti, em São Paulo, quando vi na televisão Pedro Simon saindo da casa de Ulysses à noite e dizendo que era importante a reforma ministerial. Pedro Simon era muito ligado a Ulysses, mas terminou sendo o porta-voz dele contra si mesmo, porque, na reforma, o primeiro ministério a ter o titular substituído – até pela ordem alfabética – foi o da Agricultura, ocupado por Pedro Simon.

Ao redigir esta passagem, lembrei-me de uma anedota contada pelo jornalista Cláudio Humberto. Essa pequena história, o noticiário e as charges simplificam bem o clima da época:

"Eleito presidente, Tancredo Neves foi procurado pelo deputado Ulysses Guimarães, que pretendia "queimar" a escolha, para

o Ministério da Justiça, do deputado pernambucano Fernando Lyra, que faria história no cargo. Ulysses o chamou de 'jurista de Caruaru' e Tancredo reagiu, ao seu estilo:

– Ulysses, não foi você quem indicou o Pedro Simon para a Agricultura?

– Fui eu.

– Pois é. A única fazenda que ele conhece é tecido "do loja" – disse Tancredo, referindo-se, bem humorado, à ascendência árabe de Simon."

Eu imaginava sair em abril ou maio, para ser candidato a deputado, mas minha saída foi antecipada porque Sarney queria mudar tudo, a começar da política econômica. Já tinha colocado para fora Dornelles, que era um dos mais próximos a Tancredo, e posto no seu lugar Dilson Funaro.

Essas mudanças eram bastante coerentes porque, afinal, todo o potencial político de Sarney era do outro lado (o mais conservador), em que pese a minha boa relação com ele. Ora, quem anunciou a candidatura de Sarney a vice de Tancredo? Foi Aureliano Chaves, que, naquela época, era a maior liderança do PDS dissidente e vice-presidente da República.

Então, a partir da morte de Tancredo, eu estava absolutamente convencido de que o processo político iria mudar, como de fato mudou. As próprias reuniões políticas, que eram feitas no Ministério da Justiça, foram cada vez mais se diluindo. O pessoal a influir agora era outro, e assim foi que Marco Maciel reencontrou-se no contexto de influência do governo Sarney, assumindo a chefia da Casa Civil.

Por tudo isso, foi muito honroso para mim ler avaliações tão favoráveis a minha curta passagem no Ministério da Justiça, como neste trecho do ensaio "Relações civil-militares no primeiro go-

verno da transição brasileira: uma democracia tutelada", do cientista político Jorge Zaverucha:

"Em 21 de janeiro de 1986 o ministro da Justiça, Fernando Lyra, entregou a Sarney a Lei de Defesa do Estado. Ela deveria substituir a Lei de Segurança Nacional (LSN), produto do regime autoritário. Sarney ignorou o projeto de Lyra, mas não se esqueceu de afastar do ministério o mais progressista de seus ministros. Era um sinal de que Sarney caminhava para a direita do espectro político."

JE VOUS SALUE, SARNEY!

A tensão política no âmbito da transição democrática, para mim, não foi só durante a doença e, infelizmente, a morte de Tancredo Neves. Foi durante todo o período em que estive no Ministério da Justiça. Mas a ausência de doutor Tancredo, por contraditório que possa parecer, na primeira hora me fortaleceu no ministério. Como eu tinha sido nomeado ministro para ser coordenador político do governo, a coordenação durante a impossibilidade de Tancredo se dava no Ministério da Justiça. Para fazer melhor o meu trabalho, criei um conselho político com a participação de todas as lideranças da Câmara e do Senado. Isso me deu um status mais forte até do que se doutor Tancredo estivesse na presidência, porque me tornei uma espécie de símbolo dele no governo Sarney.

O começo do meu trabalho como coordenador político foi fácil porque, por determinação de doutor Tancredo, eu havia escolhido todos os meus auxiliares – menos o diretor da Polícia Federal. Nossa equipe era muito boa. Convivi bem até mesmo com o coronel nomeado diretor da Polícia Federal, uma área muito difícil porque a sua interligação com o SNI era muito grande. A

primeira coisa que determinei ao diretor foi: a partir de agora, não se prende mais sindicalista, como se fazia antes, a pretexto de cada greve que acontecesse, por exemplo.

Deleguei, no entanto, autonomia plena à Polícia Federal. Só questionei o seu comando quando fui denunciado pelo PT de Fortaleza. A acusação era de que eu havia nomeado um torturador para superintendente da Polícia Federal no Ceará. Fui averiguar o assunto e, realmente, ele tinha aquela mácula no seu currículo.

Nada propriamente me surpreendeu ao assumir o Ministério da Justiça porque eu não conhecia nada diferente antes. Estranhei, entretanto, ao chegar, o grau de proibição. Deu algum trabalho retirar as placas de "proibido" das salas, tantas havia.

Quanto à expressão "remover o entulho autoritário", que usei para sintetizar o nosso trabalho inicial no ministério e que a imprensa popularizou, consistia apenas em administrar de forma democrática, como não se fazia antes. Era tudo tão fechado ali que os próprios motoristas do Ministério da Justiça não sabiam

"Obra de arte não se censura."
"Não há fundamento legal para censurar o filme".

Cartaz do filme Je vous salue, Marie, *de Jean-Luc Godard*

*O ministro Fernando Lyra,
recebendo o amigo
Fernando Gabeira*

onde ficava localizada a sede do Conselho de Segurança Nacional pela simples razão de que nunca estivera lá. O que me levou logo a constatar que os decretos que os ministros anteriores assinavam sobre questões de segurança nacional – inclusive os atos de cassação – já vinham prontos, e o ministro nunca os discutia. Uma coisa autenticamente bizarra.

A promessa de democracia no Ministério da Justiça foi cumprida no governo Sarney durante a minha gestão. Exceto, já no final, naquele lamentável episódio de censura ao filme *Je vous salue, Marie*.

Fui chamado ao palácio pelo presidente Sarney. Chegando lá, estava ele com o chefe da Casa Militar, e tinha um pedido do bispo de Aparecida, ao qual era muito ligado, para impedir a exibição do filme, que eles imaginavam ser uma afronta à Igreja Católica.

O presidente Sarney me trouxe o problema, levei o assunto ao ministério, e fui jogando pra frente. Enquanto isso, tratei de assistir ao filme, no auditório da Polícia Federal. Era péssimo. A única coisa interessante naquela história sem pé nem cabeça era Marie. Considerei, portanto, uma idiotice absoluta da Igreja querer censurar aquela besteira de Godard. Mas o presidente católico argumentava: "A Igreja sempre foi nossa aliada..." E, com tanta pressão, eu resolvi deixar o tempo passar.

Era o primeiro episódio explícito a favor da censura num governo que tinha a obrigação de promover a democracia tantas vezes impedida e adiada no Brasil. E eu queria o Ministério da

Justiça totalmente democrático. Nisso, houve uma visita interessante: a de meu amigo Fernando Gabeira. Pedi então sua opinião sobre aquele assunto. Disse que era totalmente contrário à censura, mas ponderou usando argumentos parecidos com o do presidente Sarney: a Igreja fora nossa aliada durante toda a ditadura. O tema requeria, portanto, cuidado. "Se puder, vá levando, foi o que ele me recomendou."

Mas logo que o presidente Sarney censurou o filme, atendendo à Igreja, Gabeira foi o primeiro a fazer uma manifestação de protesto no Rio de Janeiro. Aí, felizmente, eu já não estava mais no Ministério da Justiça.

Sempre entendi que não havia nenhum sentido naquela censura. Houve muito barulho por causa de um filme ruim. A censura eu a entendo como uma afronta à liberdade. Quando houve uma recomendação direta de censura vinda do presidente da República

eu lhe disse, como era freqüente em todo o nosso relacionamento, a minha opinião. Até que, oito dias antes de eu deixar o Ministério da Justiça (minha saída já estava definida), o presidente chamou-me lá novamente, no Palácio, e me disse com todas as letras:

– Preciso que esse filme seja censurado hoje.

– Presidente, eu não censuro – respondi.

– Eu assumo a responsabilidade – ele insistiu.

– O senhor assume a responsabilidade, mas a assinatura determinando a censura será a minha. Não censuro.

– Eu assumo – ele decidiu.

– Presidente, não pode ser assim – argumentei. O senhor vai me dar um tempo para eu ver o que posso fazer.

Na véspera desse diálogo, Roberto Gusmão (que estava listado entre os que iriam sair, na reforma ministerial) renunciou ao cargo, por divergências com o governo. No Ministério da Justiça, mandei chamar Cristovam Buarque, que tinha sido o meu chefe de gabinete e era reitor da Universidade de Brasília, e me reuni com ele, José Paulo Cavalcanti Filho, que era o meu secretário-geral, e com Joaquim Falcão, meu chefe de gabinete naquele momento, e lhes expus a situação. Inadvertida ou equivocadamente, pedi a opinião deles, quando a decisão era minha e eu já havia tomado uma posição: renunciar ao cargo de ministro da Justiça. José Paulo e Cristovam argumentaram, com lógica:

– Roberto Gusmão saiu ontem, nós vamos sair daqui a oito dias.

– Vou renunciar ao cargo de Ministro da Justiça, mas não censuro, eu disse.

José Paulo e Cristovam argumentaram que era uma inconseqüência da minha parte renunciar oito dias antes da data marcada para sair, pois daria a impressão de que eu estava querendo aparecer. A renúncia era, portanto, uma fórmula pouco recomendável.

Joaquim Falcão, porém, o menos comprometido com o episódio, disse que eu estava certo. Deveria renunciar, sim. Conclusão: deixei o assunto passar. Não renunciei, não censurei, mas foi uma falha histórica que até hoje, vinte e poucos anos depois, continuo a pagar sem dever. Lamento não haver marcado publicamente, de maneira mais enfática, a minha posição.

ENTREVISTA
Fernando Lyra

A semente vai germinar

O ministro da Justiça acredita que a Aliança Democrática vai sobreviver à morte de Tancredo e promover mudanças com José Sarney

por Etevaldo Dias

Poucos ministros viveram tão intensamente a agonia do presidente Tancredo Neves quanto o pernambucano Fernando Lyra, titular da Pasta da Justiça. Aos 46 anos, casado, pai de três filhas, portador de seis pontes de safena. Lyra se preparou até as vésperas da posse para movimentar-se como um dos braços políticos de Tancredo. Surpreendido pela enfermidade do presidente eleito, seu grande mestre na arte da costura de acordos, o discípulo teve de agir sozinho. Nestas semanas dramáticas, circulou com desembaraço dentro e fora do governo, transformando-se numa fonte obrigatória de consultas para os interessados nos rumos da Nova República.
"Aprendi muito com o doutor Tancredo", dizia Lyra na segunda-feira passada, poucas horas depois da morte do presidente. "Aprendi, sobretudo, que a política é a construção da paz. E creio que a maior homenagem que podemos prestar à sua memória é não parar seu projeto. Precisamos construir a nação que ele desejava". Pessoalmente indicado para o Ministério da Justiça por Tancredo Neves, Lyra não sabe se permanecerá no cargo. Se ficar, pretende utilizar seu bom trânsito no Congresso para abrir caminhos a um governo traumatizado pelo desaparecimento do seu inventor. Se

sair, levará a certeza de que, apesar da curta duração da gestão, soube deixar sua marca no ministério.
Ao ministro Fernando Lyra coube, por exemplo, decretar o fim da censura política no país. "Eu não sabia que seria tão fácil", conta. "Bastou uma ordem". Na semana passada, ele cuidava de deixar montada a grande comissão incumbida de redigir o primeiro projeto de reforma da Constituição – Lyra tem em seu poder a lista de nomes indicados por Tancredo para integrar a comissão. Na segunda-feira passada, ainda abalado pela morte do mestre e amigo, o ministro da Justiça concedeu a seguinte entrevista a Veja:

VEJA – Como fica a Nova República sem Tancredo Neves?
LYRA – A Nova República é conseqüência de um grande movimento de mobilização popular que começou com a campanha pelas diretas e seguiu com o clamor por mudanças que culminou com a vitória no Colégio Eleitoral. Embora o doutor Tancredo Neves tenha sido o catalisador deste movimento, a Nova República é indivisível e sobreviverá por força da vontade nacional de promover mudanças.

VEJA – A Aliança Democrática foi tecida por Tancredo Neves e só ele conhecia os segredos dessa trama. O presidente José Sarney conseguirá levar adiante um projeto do qual não tem a receita?
LYRA – É quase impossível, mas isso terá de ser feito. Creio que caberá às pessoas que tiveram maior participação no processo de consolidação da Aliança procurar, com desprendimento, colaborar com o presidente Sarney. Vai ser preciso que muita gente esqueça as divergências na busca das convergências, pelo bem do país.

VEJA – Passado o trauma da morte, como se impedirá o ressurgimento das divergências que hoje convivem no governo?
LYRA – Existe uma estratégia global, traçada e amplamente discutida em praça pública pela Aliança Democrática. Por exemplo, a Constituinte em 1986 é um compromisso não só da Aliança, mas de todos os

segmentos do país.

VEJA – A questão que se coloca é como será possível manter o governo unido até 1986...

LYRA – Bem, no aspecto institucional, temos a convocação da Constituinte como ponto convergente. No campo social, temos uma política econômica voltada para a criação de empregos. São pontos convergentes que, creio, manterão o governo unido sem grandes divergências.

VEJA – Mesmo nesses pontos existem focos de possíveis divergências. É o que sugerem acirrados debates, surgidos ainda antes da posse, entre os que pregam uma política econômica austera, até recessiva, e os que defendem o desenvolvimento a qualquer custo. Como fica tal questão?

LYRA – Isto é possível ser conciliado. Basta que o governo tome medidas que ampliem o mercado de emprego sem prejudicar o combate à inflação. O ministro da Fazenda, Francisco Dornelles, por exemplo, já declarou que a reforma agrária pode configurar essa solução. E a mudança de enfoque sem a mudança do modelo, para atingir o objetivo social.

VEJA – Se reforma agrária já era difícil com Tancredo Neves por seu aspecto polêmico, não será ela um tema ainda mais explosivo sem ele?

LYRA – O problema da reforma agrária não é ideológico. Trata-se de utilizar racionalmente o uso da terra para gerar mais empregos e, além disso, ampliar o mercado interno.

VEJA – Fala-se muito em compromissos assumidos por Tancredo Neves, mas não existe, ao que parece, um programa pronto. Ele deixou alguma carta-testamento?

LYRA – Não existe uma carta-testamento, mas o programa do doutor Tancredo foi muito explícito na defesa de dois pontos: a Constituinte em 1986, no campo institucional, e o combate ao desemprego e a melhoria das condições de vida do trabalhador, no campo social.

Presidente José Sarney e todo o seu ministério (1985).

VEJA – O que isso significa, em termos práticos e imediatos?
LYRA – Entendo que as medidas a curto prazo a ser adotadas são a reposição salarial, a queda dos juros e o financiamento à pequena e média empresas
e à agricultura.

VEJA – Não seria essa uma proposta política, mais do que econômica?
LYRA – A crise brasileira é política. Portanto, toda a visão do processo, seja no campo econômico, seja no social, tem que ser colocada sob o ponto de vista político. A decisão é necessariamente política.

VEJA – O senhor está convencido de que, mesmo sem Tancredo Neves, não haverá alterações nessa linha?
LYRA – Acho que o que ele plantou e floresceu na participação popular há que ser cultivado, sob pena de se trair um sentimento e uma postura claramente assumidos perante a sociedade. A semente de Tancredo vai germinar.

VEJA – No seu entender, todo o arcabouço do governo Tancredo Neves estaria baseado no entendimento entre as diversas áreas que compõem a Aliança Democrática. E, se isso não ocorrer, haverá crise?
LYRA – Não. O mais difícil até agora – superar a lacuna representada pela ausência do presidente Tancredo do comando do país – foi conseguido. Nós saberemos manter o clima de entendimento.

VEJA – Não será necessário um novo pacto para a manutenção da Aliança Democrática?
LYRA – É possível que a metodologia usada para armar a Aliança Democrática tenha sido marcada pelas peculiaridades do estilo do doutor Tancredo, e creio que poderia haver uma adaptação à nova realidade.
É preciso lembrar, porém, que o presidente Sarney foi candidato a vice, compondo a chapa do PMDB. A partir daí, ele participou de todos os entendimentos e assumiu os mesmos compromissos que o doutor Tancredo. Assim, cabe a nós apoiá-lo para que ele dê seqüência à missão da Aliança Democrática.

VEJA – O atual ministério sobreviverá à ausência de Tancredo Neves?
LYRA – O ministério, num regime democrático presidencialista, é composto por pessoas da confiança do presidente e sujeito, portanto, a mudanças de rotina. Ministros são sempre passíveis de troca. Basicamente, isso depende da vontade do presidente e das suas conveniências políticas.

VEJA – Como fica a situação de ministros que foram escolhidos pessoalmente pelo presidente Tancredo Neves, em vez de resultarem de acordos políticos?
LYRA – Já disse que a Aliança Democrática é indivisível. Particularmente, não haveria num governo desse tipo ninguém com mais peso do que aquelas pessoas ligadas ao presidente Tancredo Neves.

VEJA – Com a morte de Tancredo Neves, o senhor pretende renunciar ao cargo?
LYRA – Acho que a maior parte dos ministros deverá entregar o cargo, para que o presidente Sarney possa agir com inteira liberdade. Isso não significa mudança de idéias, ou de programa. A mudança de ministros significa apenas a substituição de nomes, uma rotina nos países democráticos. Quando um presidente não se afina com algum de seus ministros, afasta-o. Se, por sua vez, o ministro não se afina com a estratégia presidencial, ele sai, sem maiores problemas.

VEJA – O senhor acha que, mesmo nesse quadro político de crise, será possível realizar eleições nas capitais em novembro?
LYRA – Regime democrático é eleição. Quanto mais, melhor. Sarney deveria ficar cinco anos.

VEJA – Mas as eleições colocarão os dois partidos que sustentam o governo frente a frente, em acirrada disputa eleitoral. De que modo será possível preservar essa delicada aliança política?
LYRA – É possível que haja disputa em várias capitais entre o Partido da Frente Liberal e o PMDB. Mas também é possível que, através dessas eleições, haja a consolidação da Aliança em vários Estados. O mais

importante, porém, é que busquemos caminhos permanentes para a política brasileira. Não adianta adiar uma eleição por motivos circunstanciais, pois é ela que consolidará o regime democrático.

VEJA – Antecipar as eleições diretas para presidente não seria uma boa solução para a crise que se inicia com a morte de Tancredo Neves?
LYRA – Em todos os processos de abertura democrática, a Constituinte precedeu as eleições presidenciais, e creio que esse será o melhor caminho para o Brasil.

VEJA – Mas, na hipótese de crise grave, não será o caso de se convocarem eleições diretas para presidente em 1986, junto com a Constituinte?
LYRA – Essa eleição não poderá ocorrer antes de 1988. Vamos ter eleições para prefeitos das capitais em 1985, eleições para a Assembléia Constituinte em 1986. Já 1987 será o ano da Constituinte. No meu modo de ver, as eleições não devem ser coincidentes. Se eu fosse um constituinte, defenderia eleições presidenciais em 1989, dando um mandato de cinco anos ao presidente Sarney.

VEJA – Com a morte de Tancredo Neves, o calendário da Constituinte será cumprido normalmente?
LYRA – Pretendo que sim e creio que o presidente José Sarney está de acordo. Espero que, até 15 de maio, a grande comissão constituinte esteja criada, tendo como presidente o doutor Afonso Arinos. A comissão será composta de quarenta a cinqüenta pessoas, representando todos os segmentos da sociedade. A proposta deverá estar consolidada até o dia 15 de novembro deste ano, sendo então colocada para debate em todo o país. O debate deve durar um ano, até as eleições para os constituintes. Tudo está sendo planejado para que haja um grande debate nacional em torno da Constituinte.

VEJA – Até agora o governo Sarney vem sendo confuso e instável. Até quando o país viverá nesta situação?
LYRA – Todos nós estávamos sintonizados com as condições de saúde do doutor Tancredo e tudo o que

aconteceu foi decorrente desse estado de perplexidade. Não tenho dúvida de que, a partir de agora, teremos a dinâmica natural de um governo de mudanças.

VEJA – Passado o trauma dos momentos mais difíceis para o país, como ficará o governo Sarney?

LYRA – Vencido o trauma inicial deste momento, o governo preencherá todos os cargos da máquina administrativa. Se houver entendimento político, ótimo, os cargos serão preenchidos dessa maneira. Mas, se não houver, o presidente Sarney os preencherá assim mesmo. O Brasil não vai parar.

VEJA – Em algum momento, desde a hospitalização de Tancredo Neves, o país chegou a correr o risco de um golpe militar ou de algum movimento de desestabilização?

LYRA – Não. Em nenhum momento chegamos a correr esse risco. Sob o aspecto do respeito às normas constitucionais, o processo está consolidado.

VEJA – Qual será a oposição mais dura ao governo Sarney – PT, PDT ou PDS?

LYRA – Existe um ponto convergente entre todos os partidos, que é a convocação da Constituinte. Na parte substantiva, a da concretização do regime democrático, todos nós nos entendemos. A divergência é no adjetivo, e, conseqüentemente, a oposição se fará de maneira circunstancial.

VEJA – Quais os problemas mais graves que o governo enfrentará, neste primeiro momento?

LYRA – A ausência de Tancredo Neves repercutirá duramente na área política, mas creio que a nitidez de sua tese compensará a perda. No campo social, os maiores problemas serão o desemprego e os baixos salários e, no econômico, a inflação e a concentração de renda. Não há dúvida de que as grandes divergências residirão na área econômica, por sua própria natureza e pela multiplicidade de soluções.

VEJA – O senhor receia que possa haver algum movimento de convulsão social, com greves e passeatas, que configure um teste para o governo Sarney?

LYRA – Acho que a greve é o único instrumento de que o trabalhador dispõe no regime democrático, e como tal deve ser encarada. É claro que, quando um governo se abre, existe a possibilidade de um movimento social mais acentuado. Isso não é, entretanto, motivo de preocupação. A democracia tem muitos instrumentos para resolver esses problemas.

VEJA – Com menos de um mês de governo, o senhor foi à televisão em Brasília pedir o fim da greve dos motoristas de ônibus. Não é uma incoerência?

LYRA – Não. Condenei a inoportunidade política da greve, que ocorria no momento mais crítico da doença do doutor Tancredo. Nossa preocupação maior é com a perturbação da ordem. Precisamos evitar qualquer pretexto para qualquer tipo de ação política que não esteja dentro da prática democrática.

VEJA – No campo político-institucional, o que seu ministério poderá fazer agora, de imediato, além da Constituinte?

LYRA – Tanto no PMDB quanto na Frente Liberal, a preocupação é encontrar desde já formas permanentes para o processo democrático. Não queremos para as minorias de hoje os sofrimentos por que passamos quando éramos nós as minorias. Essa busca de uma forma permanente pode até prejudicar o PMDB e a Frente, ocasionalmente, mas é importante que isso seja feito. Vem daí a necessidade de, por exemplo, acabarmos com a sublegenda e com a fidelidade partidária, e restaurarmos as eleições para prefeitos nas capitais e em áreas de segurança nacional – enfim, todos esses casuísmos que, na primeira hora, ajudaram a Arena e o PDS e, depois, se tornaram um dos instrumentos da implosão desses partidos.

VEJA – O presidente José Sarney recentemente acabou com os municípios de área de segurança nacional, e isso gerou descontentamento e controvérsias quanto aos critérios de nomeação dos novos prefeitos. Teria sido uma medida inoportuna?

LYRA – Não foi inoportuna. Foi, isto sim, uma medida muito necessária. O que se discute hoje são critérios de nomeação de prefeitos interinos, até as eleições em novembro. Ocorre que os municípios de área de segurança nacional são um dos legados mais exemplares do regime autoritário. A nomeação de prefeitos era feita pela Presidência da República de modo tão arbitrário e fechado que ainda não foi possível encontrar meios de se implantar essas substituições temporárias. Mas eles serão encontrados, e pelo caminho democrático, com a participação das comunidades, através de suas lideranças próprias.

VEJA – O PMDB poderá, em algum momento, aliar-se ao PDS?

LYRA – As alianças políticas são circunstanciais. Portanto, é possível aliar-se aqui com um partido e ali com outro. Pode-se, além disso, ter uma aliança em nível regional, outra em nível nacional. Não há nada de estranho nisso, num país democrático, com partidos livres de pressões e abertos a coligações.

(Entrevista publicada na revista *Veja*, de 1º de maio de 1985)

DE COMO NÃO FUI CANDIDATO A GOVERNADOR

A pressão pela censura do filme *Je vous salue, Marie*, já ao final da minha gestão no Ministério da Justiça, não foi a única tensão, é claro, que vivemos. Naquele curto período de 11 meses em que fiquei no governo, presenciei fatos até hoje não bem esclarecidos e outros que não vieram a público, ficando nos bastidores das tramas políticas. Um deles é que, em 1985, não houve condecoração com a Ordem do Mérito Militar, como se fazia todos os anos, apenas para não terem que me condecorar.

Outro fato: o governo federal chegou a cogitar sobre intervir no Rio de Janeiro, devido a uma greve de caminhoneiros que havia naquele Estado e não se resolvia devidamente, abrindo a possibilidade de se invocarem problemas de negligência com a segurança e o policiamento nas estradas. O governador Leonel Brizola estava viajando nessa ocasião. Contornei a crise num telefonema que dei ao vice-governador, Darcy Ribeiro. Não disse aos meus colegas do governo o que havia conversado com ele, mas consegui convencê-los a desistir da idéia de intervenção no Rio, o que precipitaria um problema certamente muito maior do que aquele dos caminhoneiros.

Certa vez, ao comparecer a uma cerimônia militar – a do Dia do Soldado – estive no gabinete do ministro do Exército e, conversa vai, conversa vem, um militar falou:

– Aquela deputada quer fazer média às nossas custas.

– Que deputada? – perguntei.

– Bete Mendes. Ela foi com o presidente ao Uruguai e voltou dizendo que o nosso adido militar foi o torturador dela. Não foi nada disso. Ela queria namorar com ele e ele não quis.

Senti-me muito mal com as acusações levianas do ministro do Exército, Leônidas Pires Gonçalves, a minha colega Bete Men-

*Na primeira fila: Mauro Sales, Fernando Lyra, José Sarney, Afonso Camargo, Marco Maciel e Almir Pazianotto.
Na segunda fila: Sepúlveda Pertence, Aloísio Alves, José Hugo Castelo Branco, Andrea Calabi, Waldir Pires e Antonio Carlos Magalhães.
Na outra fila, aparecem Aluísio Pimenta, Paulo Brossard, Nelson Ribeiro e Paulo Lustosa.*

des, tão ligada a mim que, como membro da bancada do PT, votou com Tancredo Neves no Colégio Eleitoral. Para não aprofundar ainda mais a crise no difícil governo do presidente Sarney que envolveria o Ministério da Justiça e do Exército, retirei-me evitando dizer o que gostaria – apontar a falta de sensibilidade, a grosseria do ministro do Exército.

A infâmia do militar foi amplamente contestada pelos fatos e memórias da própria deputada. E naquela situação, mais uma vez, portou-se muito bem o presidente Sarney.

Houve também outros episódios que passariam facilmente ao pitoresco da política não resultassem de simples mal-entendido, ou, o pior, má expressão que, por vezes, resulta em equívocos de interpretação. Era inegável que o presidente Sarney sofria rejeição no Rio, desde o tempo em que ainda tentávamos viabilizar a candidatura de Tancredo. Certa vez, fomos com ele visitar o jornalista Hélio Fernandes e, juntos, saímos para jantar no restaurante Plataforma. Quando entramos com Sarney, houve alguns ensaios de vaias mescladas a alguns aplausos por mim incentivados. Eu deveria ter levado isso em conta quando, quase um ano depois, ao falar sobre ele, e quis elogiá-lo, num ato de adeus à censura, lotado de representantes de todos os segmentos das áreas culturais, no Teatro Casa Grande, no Rio. Basta dizer que a mesa era composta por Antônio Houaiss, Darcy Ribeiro e Chico Buarque. Para definir o presidente José Sarney usei a expressão "vanguarda do atraso". Foi uma expressão infeliz, que resultou em todo tipo de piada, inclusive várias charges de Millôr Fernandes. Explico a gafe.

Falando de improviso, e como quase sempre acontece nessas ocasiões, empolguei-me e comecei a desenvolver o seguinte raciocínio: estava ali como ministro da Justiça escolhido por Tancredo,

mas ratificado por Sarney, nomeado por ele, que cumpria todos os compromissos assumidos da transição democrática. Continuei fazendo um histórico da vida de Sarney: na UDN ele havia sido um dissidente contra a oligarquia do Maranhão. Elegeu-se governador em 1965, mais uma vez contra a oligarquia. Quando se elegeu deputado federal, pela UDN, antes de ser governador, fazia parte da ala jovem da UDN, que foi o embrião do Partido Socialista. Em resumo: mesmo sendo um conservador, ele sempre estava à frente, porque terminava por lutar contra o que havia de mais atrasado. Estava, portanto, na vanguarda do atraso. Tentei remediar diversas vezes, mas a expressão infeliz foi a que ficou. Nunca – nem eu nem ele – tocamos no assunto, nem sequer no nosso despacho, dois dias após o episódio. E ficou assim até hoje.

Em 1997, numa conversa no Hotel Nahum, em Brasília, com os jornalistas Clóvis Rossi, Villas-Bôas Correa e Eliane Cantanhêde, da *Folha de S.Paulo*, Eliane me "recordava" a velha expressão "vanguarda do atraso", e pedi-lhe que não desse o meu nome àquilo que eu imaginava ser o "atraso da vanguarda", que era o governo Fernando Henrique Cardoso.

Em outra ocasião, na antevéspera do Natal de 1985, minha querida amiga Roseana Sarney me telefonou perguntando-me se eu tinha algum compromisso para jantar no dia 23 de dezembro. Embora eu tivesse uma viagem programada para aquele dia, pois passaria o Natal no Recife, em família, disse-lhe que não tinha compromisso algum. Então, ela agendou um jantar no Palácio da Alvorada com o presidente José Sarney.

Fui sozinho ao jantar, e com uma sensação muito curiosa, pois era a primeira vez que entrava no Palácio dirigindo meu próprio automóvel. No encontro, o presidente Sarney me relatou ter muitas dificuldades em setores da área militar que se opu-

Fernando Lyra,
José Sarney e
Ulysses Guimarães,
em Brasília.

nham à candidatura de doutor Miguel Arraes ao governo de Pernambuco, e que gostaria que eu fosse o candidato do PMDB no lugar dele.

– Presidente, não tenho a menor condição de disputar a indicação do partido com doutor Miguel Arraes.

– Vá, que você conta com o meu apoio.

Confesso que saí atônito do palácio, e não pude conversar isso com ninguém. Coincidentemente, no começo de janeiro de 1986, houve uma convenção do PMDB na Assembléia Legislativa de Pernambuco. Estavam presentes, entre outros, o doutor Miguel Arraes e Jarbas Vasconcelos, que era prefeito do Recife, eleito em novembro de 1985. Enfim, todas as principais lideranças, menos Marcos Freire, que havia dissentido do nosso grupo na eleição de 1985, apoiando Sérgio Murilo contra Jarbas. Quando cheguei à Assembléia, havia um coro só de toda a militância, na época, muito aguerrida:

– Arraes governador! Lyra senador!

Nessa convenção, falei quase sem dizer nada porque ainda continuava atônito. Para um político que não tinha força popular no Estado, mas se havia dedicado e estava cumprindo um grande mandato no Ministério da Justiça, eu estava numa posição difícil de assimilar as candidaturas.

Passados alguns dias, veio a reforma ministerial. Eu estava fora do governo. O presidente José Sarney jamais voltou a me falar novamente da por ele proposta e tão incentivada candida-

tura ao governo de Pernambuco. Ao contrário. Para minha surpresa, no dia 17 de fevereiro de 1986, chegaram à minha casa o deputado Mansueto de Lavor e Dorany Sampaio, pedindo o meu apoio para a indicação à Sudene e a uma diretoria do Banco do Nordeste, de alguém ligado a doutor Arraes. Essa negociação fazia parte do apoio de Arraes ao governo federal e do governo federal à candidatura de Miguel Arraes. Portanto, os militares já o assimilavam em tão pouco tempo?

Do jantar em que o presidente Sarney me disse que eu deveria ser candidato ao governo de Pernambuco participaram também dona Marly, dona Kiola e Roseana. Foi, portanto, um encontro absolutamente íntimo. Em família.

Não guardei mágoas por ele não ter cumprido o prometido e por ele mesmo proposto. Acho que o político deve ter a grandeza de

superar as questões pessoais, mas, devido a coisas como essas e outras que vivi depois da morte de doutor Tancredo, confesso que fiquei um pouco descrente do jogo político. Em que pese eu me sentir realizado com a minha passagem pelo Ministério da Justiça, politicamente senti-me um pouco desolado. Mas terminei por obter, em seguida, uma votação consagradora para deputado federal: mais de 90 mil votos, que me tornaram o mais bem votado do nosso partido.

DE COMO QUASE FUI VICE-PRESIDENTE DA REPÚBLICA

Estávamos em plena Assembléia Nacional Constituinte, cujo líder no PMDB foi Mário Covas. Lembro-me de como insisti com ele para que aceitasse ser o candidato a líder do partido e, conseqüentemente, da maioria parlamentar.

Era antiga a minha ligação com Covas. Ele foi o primeiro líder político de expressão nacional com quem mantive contato na minha primeira viagem a Brasília, em 1968, para tomar conhecimento da Frente Ampla. Ele era, na época, o líder do MDB na Câmara dos Deputados.

No final de 1987, fui ao seu gabinete e tivemos uma conversa a sós. Lembro-me até do pitoresco da situação: ele, antes de começarmos a falar, ligou para São Paulo, e conversou com a esposa e um netinho que fazia aniversário. Depois, fechou a porta, tirou os sapatos, colocou as pernas sobre a mesa de centro da sala, e começamos a conversar. Não era um encontro aleatório.

Na verdade, eu havia programado aquela conversa somente entre nós porque já estava prevista já a eleição para presidente da República em 1989 e eu queria convencê-lo a ser candidato pelo PMDB, disputando internamente com Ulysses Guimarães.

Usei os argumentos de que dispunha, mas, muito sinceramente, quase que explicitando seus sentimentos paulistas, me disse:

– Fernando, seu eu tiver de se candidato majoritário, escolherei ser governador de São Paulo, antes de mais nada.

Fiz de tudo para ele ser candidato, inclusive dei um prazo a mim mesmo para que isso pudesse acontecer, e o pensamento não era só meu. Em janeiro de 1988, procurou-me no meu gabinete o governador Fernando Collor de Mello, com quem eu já havia estado antes na campanha das diretas já. E também tínhamos a opinião contrária aos cinco anos de mandato para José Sarney.

Collor me procurou para que eu o levasse a Mário Covas. Não participei da conversa deles, mas sei que Collor se dispunha naquele momento a ser candidato a vice-presidente, representando o Nordeste, se Covas aceitasse ser candidato a presidente. Mas Covas não arredava pé na idéia de não sair candidato.

Naquele momento eu estava muito frustrado politicamente. Saíra do ministério e, embora tenha alcançado retumbante vitória eleitoral em 1986, somente à frustração e decepção com Ulysses, quando ele foi candidato à reeleição na presidência da Câmara.

Naquele momento de indecisões e incertezas, eu seguia atrás de alguma coisa que me desse nova motivação. E a negativa de Covas só aumentou a minha frustração. Até que, no dia 20 de abril de 1988, fui ao restaurante Piantella, muito freqüentado pelos políticos em Brasília. O motivo era a comemoração do aniversário de Roberto Freire.

Já depois da meia-noite, sentei-me numa mesa com Brandão Monteiro, deputado federal pelo Rio de Janeiro e líder do PDT. Era um dos mais ligados a Leonel Brizola.

Brandão Monteiro tentava me convencer durante a conversa de que eu devia me filiar ao PDT. A idéia nada tinha de aleatória porque ele certamente sabia da minha decepção com o PMDB de Ulysses Guimarães.

Mas Brandão Monteiro disse mais. Que, se eu aceitasse ir para o PDT eu seria o preferido dele para uma indicação a vice-presidente na chapa de Leonel Brizola. Isso foi numa quarta-feira.

Confesso que não pensei muito no assunto, imaginando ser aquilo tudo apenas um dos agradáveis resultados da festa, e não do pensamento real.

Na sexta-feira pela manhã, recebi um telefonema dele ratificando tudo o que me falara e acrescentando que iria conversar com Brizola sobre o assunto. Só aí percebi que não se tratava de uma conversa à-toa. Fazia parte, na verdade, de um projeto de conquistar diversas lideranças para se incorporarem ao PDT, já prevendo ou supondo uma eleição de Brizola à presidência.

Não foi nada fácil decidir o que fazer. Resolvi aceitar. Não tanto pela perspectiva da Vice-Presidência da República, mas pela participação na coordenação de uma campanha presidencial, agora de eleição direta, junto com o companheiro Brandão monteiro. E assim foi. Comecei a trabalhar.

Uma das mais importantes iniciativas que tive foi ir a Bahia em busca do apoio de Mário Kertész, prefeito de Salvador. Também tentei, na mesma ocasião, que o governador Waldir Pires topasse ser o candidato a vice na chapa de Brizola, o que infelizmente não aconteceu. Por ironia, Waldir terminou sendo o vice na chapa de Ulysses Guimarães, o que resultou em mais de 400 mil votos da Bahia (quantidade mais do que suficiente para Brizola triunfar sobre Lula no primeiro turno).

Brizola era um político peculiar. Pensava o Brasil, mas sem se esquecer jamais de suas características gaúchas, na minha maneira de ver. Até hoje estou convencido de que os gaúchos nunca se contentaram em ser um mero Estado da Federação. Preferiam mesmo declarar independência e se tornar um país.

Sobre aquele contexto tenho uma opinião que talvez surpreenda muita gente: embora tenha sido governador do Rio de Janeiro, com prestígio extraordinário, Brizola não conseguiu avançar em determinados setores que o eufemismo chamaria de "novos tempos". Posso dar um exemplo: ele morava no sexto andar de um edifício na Avenida Copacabana, o diretório da campanha foi instalado no primeiro andar, e o estúdio de TV para a preparação do programa eleitoral ficava no segundo andar do mesmo prédio. Isso dá a idéia de como ele era centralizador.

Enquanto Fernando Collor, Lula e Covas faziam campanhas modernas, a nossa estava longe disso. Em algumas situações eu ficava com a impressão de que Brizola não dava nenhuma importância a andar atualizado porque nutria a convicção de que seria um vencedor natural, por antecipação.

Por essas e outras nunca consegui levar Brizola à Bahia, na campanha. Até que, ao apagar das luzes, marquei um comício na cidade de Governador Valadares, no interior de Minas Gerais. Brizola me assegurou que iria. Juntos seguiria conosco Gilberto Gil, que nos apoiava.

Então fomos, eu e Gilberto Gil para Governador Valadares, esperar Brizola, e já de noite recebi um recado de Curitiba no qual Brizola dizia que não poderia vir ao comício. Claro que a multidão reunida ouviu com muito prazer e alegria Gilberto Gil, mas o meu discurso, substituindo Brizola, foi assistido com uma frieza que doeu.

Além dessas questões, é preciso dizer que Brizola não gostava de delegar ações aos coordenadores de sua campanha, a não ser circunstancialmente.

O fato mais interessante do seu comportamento tão peculiar durante a campanha se deu, ironicamente, na sua cidade, Porto

Alegre. Ele me pediu para inaugurar o seu comitê de campanha ali, e não ele. Argumentei que isso poderia ser visto como um descaso com o seu maior eleitorado. A sua ausência era uma evidente desconsideração. Mas ele justificou dizendo-me que não poderia ir porque no mesmo momento estaria aguardando alguns membros do PTB que iriam apoiá-lo transformando a campanha dele numa Frente Trabalhista. Quem eram esses companheiros de quem receberia diretamente o apoio enquanto eu estava em Porto Alegre? Gonzaga Mota, do Ceará, e Roberto Magalhães, de Pernambuco.

Já ao chegar a Porto Alegre vi que ali seria a maior manifestação da campanha e me impressionei de fato com a receptividade e a repercussão do nome de Brizola ali. Naquele mesmo dia, Mário Covas, que havia se tornado candidato à presidência da República pelo PSDB dissidente do PMDB iria a Canoas, também no Rio Grande do Sul, para um comício.

Ao terminar o nosso comício, segui para conceder duas entrevistas, uma gravada e outra ao vivo às TVs do Rio Grande. Na saída, uma repórter me perguntou: "Como pernambucano, o que o senhor acha do apoio de Roberto Magalhães a Mário Covas?

Eu respondi que ela estava equivocada, pois Brizola só não havia comparecido à inauguração do seu comitê de campanha em Porto Alegre porque tinha um encontro com Roberto Magalhães para consolidar o seu apoio.

"O senhor é que está equivocado, ela respondeu. Roberto Magalhães foi hoje à casa de Afonso Arinos e lá declarou o seu apoiou a Mário Covas e, além disso, aceitou ser o candidato a vice na chapa dele.

Eu tenho uma verdadeira coleção de histórias assim com Brizola. Não precisaria contar nem metade delas para todos entenderem

por que ele perdeu aquelas eleições. E há mais: eu, como candidato a vice-presidente da República, por pressão dos áulicos cariocas de Brizola, não participei de nenhum programa de televisão no guia eleitoral porque eles argumentavam que quem tinha voto e prestígio era Brizola, conseqüentemente só ele podia falar.

Chegamos até a conseguir uma coisa verdadeiramente fantástica (sem trocadilho): que o dr. Roberto Marinho – desafeto reconhecido de Brizola – concedesse um espaço de três minutos no programa *Fantástico* do dia 24 de junho de 1989. A Globo colocaria no ar a convenção do PDT em Brasília lançando a candidatura de Brizola.

Sim, eu teria muito mais coisas para contar. Mas me contento com dizer que Brizola era um grande líder, mas não gostava de ouvir. Tinha muitos áulicos e poucos companheiros.

"DEVO ME AFASTAR DE TUDO ISSO"

Na vida profissional, há dois momentos fundamentais: entrar e sair de cena, ou, como prefiro: cada um tem saber entrar na hora aprazada e sair na hora adequada. Isso para mim sempre foi uma preocupação constante na política. Sei que entrei na hora certa, mas não saí na hora em que deveria.

A minha não-eleição em 1990 decorreu simplesmente da falta de motivação, e a falta de motivação decorreu simplesmente de uma série de frustrações que sofri a partir de 1986, já narradas em vários episódios. E olhe que recebi um aviso muito importante para sair de cena já naquela eleição de 1990, e não ouvi a voz da razão, na forma de uma carta que recebi de Márcia, minha mulher, no primeiro semestre de 1990. Ela escreveu:

"Fernando

Estou lhe escrevendo porque é mais fácil para mim. Hoje pela manhã, depois que você foi caminhar, comecei a pensar e refletir sobre todo o seu sentimento de raiva,, desapontamento, desprezo, desinteresse e outras coisas mais que você está tendo e tem há algum tempo pela Câmara.

"Sua participação política que, para muitos, é muito importante, perdeu a razão de ser para você. Entendo que seu processo de perda foi muito grande de uns anos para cá. Mas isso faz parte de um processo político de que você tanto fala e me ensinou a acreditar nele e me reger por ele. Muitas vezes com esforço e determinação é que podemos reverter um processo.

"Começo a entender a angústia da família e dos amigos em querer a sua maior participação, o seu maior empenho nos seus debates, nos seus projetos que tanto enriqueceram a sua vida parlamentar. Agora entendo tudo. Descobri hoje que eu me envolvi tanto na sua vida política, nas campanhas eleitorais, nos seus sonhos, na sua luta pela democracia, no seu empenho para o avanço do processo político, nos seus encontros, suas reuniões, que já estava me sentindo dona do seu mandato. Por isso fico tão irritada quando você não valoriza tudo o que diz respeito ao Congresso Nacional. Às vezes fico com raiva e penso que devo me afastar de tudo isso.

"A tristeza se apodera de mim, o desânimo bate e vem aquela vontade de deixar o barco correr pra ver onde vai chegar. Por isso também é que cada vez você fica mais só, isolado, sem companheiros. É difícil conviver com uma pessoa descrente, amargurada, impaciente... e eu sei que você não é assim. Você sempre foi extrovertido, confiante, seguro, firme, audaz, capaz, vivo, alegre, cheio de esperança.

"Desculpe-me se estou sendo dura. Talvez você ache que estou exagerando. Mas sei que não. Esse é o seu retrato agora, e que você faz questão de mostrar a todos. Então, agora não vou insistir mais com você. Vou continuar lhe ajudando como sempre fiz. Mas não vou planejar nada. Resolva da melhor maneira sua vida. Escolha seu caminho, o que melhor lhe der tranqüilidade, o que melhor lhe der satisfação. Por mim não se sinta pressionado para tomar determinada posição. Estou com você sempre, aqui ou no Recife.
Um beijo

Márcia.

Mas apesar desse aviso de Márcia não saí de cena em 1990, que era a hora certa e, como não saí na hora certa, tratei de rever minhas posições, comecei de novo, para sair na hora que eu entendi como uma reconquista da hora certa.

O que motivou minha reentrada foi exatamente esse reconhecimento de que eu deveria reconquistar o direito de sair na hora certa. Desse modo, foi adiada por oito anos a minha saída da política, como decorrência de um equívoco.

Hoje vejo, depois de ter sofrido na pele, quantos políticos já deveriam ter saído e permanecem, e outros que estão fazendo falta porque saíram na hora errada. Minha falta de motivação naquela ocasião nada tinha de gratuita. Vinha mesmo de uma soma de frustrações. Apesar de haver tido uma votação consagradora em 1986, depois da frustração com a morte de Tancredo e a saída do ministério, a verdade é que me frustrei com o resultado da minha candidatura à presidência da Câmara, não pela derrota, mas pela decepção com Ulysses. Fui candidato a vice-presidente da República e me frustrei novamente, não pela derrota, mas pela meto-

dologia da campanha. Conseqüentemente, cheguei a 1990 sem nenhum elã para a campanha. Então teria sido aquela a hora de sair. Esse erro fez com que eu me recuperasse, voltasse e saísse na hora adequada. Uma segunda chance. E por que desisti de novas candidaturas? Saí porque vi que não tinha como exercer um mandato parlamentar da forma como gostei: de prever, influenciar, ver na frente, intuir, coordenar.

O processo político inviabilizou o meu *feeling*. Mas, felizmente, muitos anos depois de sair de cena, voltei, pude exercer numa campanha um papel de que sempre gostei.

Mesmo fora da atuação profissional na política, pude novamente pôr a serviço de uma campanha o meu *feeling*, a inspiração e a ajuda direta a favor da candidatura de Eduardo Campos para governador de Pernambuco.

FALTA CUMPRIR O SOCIAL

O Plano Cruzado foi o grande equívoco do governo Sarney. Mas, no início, serviu para melhorar a aceitação popular do presidente e do seu partido de tal maneira que, me lembro, quando fui a São João d'El-Rey, no primeiro aniversário da morte de Tancredo, quando chegamos a Barbacena vimos que já ninguém falava em Tancredo. Os nomes mais citados eram os de Sarney e Funaro. Mesmo em São João d'El-Rey, na inauguração do memorial em homenagem a Tancredo, a mesma coisa se repetiu. O povo gritava nas ruas os nomes dos responsáveis pelo Cruzado.

Tenho a impressão de que, amparado nessa popularidade, Sarney talvez tenha imaginado ser imbatível. E realmente foi, por pouco tempo. Tanto que o PMDB elegeu todos os governadores em 1986, repetindo um êxito tão expressivo que foi superior ao que obtiveram em 1974, os candidatos ao Senado pelo MDB.

O governo Sarney terminou com uma rejeição tão grande como os índices de inflação que, em fevereiro de 1990, chegavam a mais de 80% ao mês. O ministro da Fazenda era Mailson da Nóbrega, que hoje atua como consultor econômico.

O resultado disso tudo foi a eleição de Fernando Collor de Mello, apoiado no desgaste do Governo Sarney, e graças também a outro fator: um equívoco da Constituinte que deu a Sarney cinco anos de mandato. O mais correto teria sido ou manter os seis anos ou reduzir o mandato a quatro, jamais estabelecer o casuísmo de cinco anos.

Isso levou a uma eleição isolada para presidente da República. Na eleição isolada, aparecia melhor o candidato sem partido. Quem tinha partido atrás de si obtinha menos votos. Assim é que o grande partido – o PMDB – conseguiu 4%, e o PFL quase nada. Foi uma eleição realizada também num contexto de carência muito grande de participação popular. Quem teve maior mídia foi Collor, conseguiu as melhores condições e venceu a eleição.

A queda de Collor costuma ser explicada pelo que popularmente se define como "não quis socializar a corrupção". Mas o fato é que seu enfraquecimento foi fundamentalmente orgânico. Ele pensou que, como havia vencido a eleição praticamente sozinho – isto é, sem o apoio dos grandes partidos –, poderia governar dessa mesma maneira. Que as massas o sustentariam. Um equívoco similar, embora noutro contexto, ao de Jânio Quadros. A história, infelizmente – e com outros atores –, se repete.

Continuamos a precisar de uma grande reformulação na política brasileira, com a sociedade se organizando. Se não continuaremos como sempre estivemos: numa estabilidade instável. E isso vem de longe, pois abolimos a escravatura, mas continuaram a existir escravos.

O grande problema do Brasil, na minha opinião é que ninguém no país investe a longo prazo. Investe-se, no máximo, para uns vinte anos. Mas o que é esse tempo em termos de História? Há mais de um século, Nabuco foi candidato a deputado discutindo não só a abolição, mas problemas que até hoje continuam na ordem do dia.

Sem um projeto ao menos a médio prazo a gente quer que se revolvam os problemas em curto prazo. Como se educa uma geração? É necessário contar com um trabalho de pelo menos quinze, vinte anos. Como é se treina uma geração para cultivar a terra? Não se leva menos de dez anos. Como a gente tem hoje uma comunicação automática através da internet e outros meios, imagina que problemas complexos também podem ser resolvidos de maneira instantânea. Mas o fato é que a sociedade brasileirahá muito já deveria estar organizada, acompanhando a abertura democrática, e não está.

Os grandes riscos e entraves à verdadeira democracia no Brasil estão sempre no social. O social está sempre na ordem do dia porque os governos, por mais que o invoquem – inclusive nos seus slogans e recorrentes promessas de campanha e planos de governo –, só dão valor, realmente, à economia. É o que interessa à elite. A elite prefere construir grades e contratar seguranças a ter segurança com liberdade. A elite brasileira que está em São Paulo, por exemplo: quais são os interesses dela?

Quem sabe se, seguindo exemplos de fora para dentro do país não possamos trazer uma estabilidade mediante a mobilização da sociedade? Talvez com as exceções da Argentina e do Chile, na América do Sul nós não temos organicidade da população. A Argentina, por exemplo, teve um processo de participação da sociedade diferente da simples atuação institucional. Isso levou a que se tornasse mais forte que o Brasil no plano orgânico da socie-

dade e institucionalmente mais fraca. O que se vê, assim, é que a Argentina ainda hoje, com todas as deficiências de sua democracia, sai mais facilmente das crises do que o Brasil, porque tem uma organicidade maior.

Outro exemplo, obviamente, são os Estados Unidos. Sua democracia é forte – não estou dizendo se é boa ou ruim – devido à solidez da organização da sociedade civil. Estive lá há trinta anos e me impressionou o que conseguiu reunir de documentação da sociedade organizada. De tudo se depreende que, mesmo quando institucionalmente as coisas não vão bem, a base consegue resolver os problemas.

No Brasil temos eleições e a mais perfeita apuração de voto do mundo. A transição democrática conseguiu que as instituições se reorganizassem e funcionassem plenamente. Mas falta a sociedade, e, devido às próprias características do país, as instituições é que devem fomentar essa organização social.

Infelizmente, como denunciou Tancredo em seu discurso de posse, lido por Sarney, "o Brasil continua a pagar as suas dívidas (externa e interna) com a fome do seu povo". Como se admite que no nosso país haja telefones celulares em todos os lugares, mas não saneamento básico para todos? Que exista tanta água e tantos morram de sede? Que muitos morram de fome enquanto se ouve falar de safras e mais safras recordes?

Já se passaram mais de quinhentos anos de História do Brasil e as desigualdades se aprofundam cada vez mais.

A ÚNICA MOEDA QUE JUSTIFICA A VIDA

Diferente da geografia, uma existência pode ter vários pontos culminantes. Esta lição de vida aprendi após ter colocado o que pensava ser o ponto final deste livro.

Até aquele momento não tinha nenhuma dúvida em apontar o momento mais importante da minha trajetória de 40 anos na vida pública.

A campanha presidencial de Tancredo Neves destacava-se, por sua importância histórica, como minha maior contribuição, minha vitória mais expressiva.

De lá para cá, tive a grata oportunidade de participar de uma campanha que se tornou outro momento incomparável: a vitória de Eduardo Campos para governador de Pernambuco.

São duas situações históricas diferentes, meu momento de vida é outro. Os papéis que desempenhei são totalmente distintos. Porém a emoção, a única e verdadeira moeda que justifica a vida, nos dois casos extrapola os limites no horizonte da memória.

Nesta eleição de Eduardo Campos para governador de Pernambuco, em 2006, pela primeira vez desde a juventude me envolvi profundamente com uma campanha sem ter mais qualquer vínculo pessoal com os processos eleitorais nem com os partidos. Já não preciso pedir votos, o que não é melhor ou pior, é apenas uma perspectiva diferente.

Na eleição de Tancredo Neves eu estava na mais plena ebulição de minha atividade parlamentar. Era impossível desvincular as causas e os desafios dos sonhos e aspirações pessoais. Agora, a causa é exclusivamente coletiva: ver nascer o novo, renovar as esperanças, acompanhar a história do povo reencontrando caminhos que pareciam extintos. Minha satisfação pessoal torna-se ainda maior quando vejo, trilhando projetos paralelos, mas igualmente vitoriosos e coerentes, Eduardo Campos e Aécio Neves, dois jovens governadores que simbolizam este momento novo, este avanço histórico que acontece sob nossos olhos.

Eduardo e Aécio, dois grandes netos de dois grandes avôs. Traços de união entre gerações e também entre grandes momentos que vivi.

Contemplando os dois, nas suas diferenças e semelhanças, vejo se unirem na emoção os pontos culminantes da minha existência. E reaprendo a lição de que, na história como na vida, o ponto nunca é final.

ENTREVISTA
Fernando Lyra

O Brasil nunca terá partidos dignos

por Inaldo Sampaio

O Brasil nunca teve, não tem e jamais terá partido político digno deste nome. A afirmação é do ex-deputado e ex-ministro da Justiça Fernando Lyra. Embora sem mandato desde 1999, ele nunca deixou de participar do processo político em Pernambuco nem de dar opiniões sobre a conjuntura nacional. Lyra, "exilado" na presidência da Fundação Joaquim Nabuco desde 2003, agitou os meios políticos de Brasília ao defender, no jornal O Globo *da quarta-feira passada, a implantação do voto majoritário para deputado e vereador, a coincidência das eleições com mandato de cinco anos para todos e a extinção do vice e do suplente de senador. Em vez do voto distrital e das listas fechadas, ele sugere que se implante o que denomina de "distritão": cada Estado se transformaria num distrito e os mais votados seriam eleitos.*

JORNAL DO COMMERCIO — Por que o senhor considera importante a implantação do "distritão" em vez do voto distrital?
FERNANDO LYRA — Desde que eu estava no Congresso já me preocupava com a reforma eleitoral, buscando um "modelo brasileiro" mais adequado para as eleições. Todas as legislações do mundo são adaptadas à realidade de cada país, ou então impostas por outros povos.

Recentemente eu li um estudo do advogado Marcelo Cerqueira, que trabalhou comigo no Ministério da Justiça, dizendo que o voto distrital nos Estados Unidos foi imposto pela Inglaterra, após a independência, para que não houvesse renovação na Câmara dos Deputados nem no Senado. Lá o mandato de deputado é de dois anos e a renovação não chega a 10%.

JC – Como funcionaria o "distritão"?

LYRA – Em vez do voto distrital, que não tem nada a ver com a nossa realidade, nossas tradições políticas, se dividiria o país em 27 distritos. Cada partido lançaria os seus candidatos e os mais votados seriam os eleitos. Em Pernambuco, por exemplo, que tem 25 cadeiras na Câmara Federal, seriam eleitos os 25 mais votados, independente de partido, sobras eleitorais ou coisas do gênero. Somente por esse caminho chegaremos àquilo que eu chamo de verdade eleitoral.

JC – O senhor concorda com a afirmação do ex-presidente FHC de que só o voto distrital aproxima o eleitor dos seus representantes?

LYRA – Não. O que aproxima o deputado dos seus representados é a sua preocupação com os problemas do povo, a sua forma de agir e de trabalhar.

JC – Quer dizer que o modelo é inadequado para o Brasil?

LYRA – Sim, porque aqui se faz partido a toque de caixa e troca-se de legenda como se troca de camisa. Agora mesmo o PL se juntou com o Prona e formou o PR (Partido Republicano), mas o que é o PR? O PR defende o quê, é a favor de quê? A Frente Liberal, que dissentiu do PDS para apoiar Tancredo (Neves) e depois se transformou em Partido da Frente Liberal, se transformou em DEM (Democratas). Mas esse DEM defende o quê? Vi nos jornais que eles são a favor do voto em lista, mas para manter intactas as oligarquias que controlam o partido desde que se chamava Arena. O PT também é a favor do voto em lista para que a tendência majoritária não seja atropelada pelas menores. Isso é um casuísmo tão vergonhoso como o que ocorreu na Europa após a Segunda Guerra Mundial. Com o fim da guerra, o governo norte-americano preparou duas Constituições. Uma para o Japão, massacrado com a bomba atômica, e outra para a Alemanha. A Constituição imposta ao Japão deixou o sistema imperial porque o imperador não foi contra os Estados Unidos, e implantou o voto distrital. Foram depois à Alemanha com a mesma proposta, mas os alemães não aceitaram. Não aceitaram para preservar a liderança de Adenauer, já que Churchill havia perdido a eleição na Inglaterra pelo voto distrital. Então eles criaram o voto distrital com o sistema de lista, mas para preservar quem? Os homens do DEM de lá, que são os mesmos daqui.

JC – Então o sistema da lista fechada também não serve para o Brasil?

LYRA – De jeito nenhum. Porque não existe partido no Brasil. O povo brasileiro nunca votou em partido

político, mas nas lideranças. Qual era o partido de Collor quando se elegeu presidente em 1989? Por qual partido Arraes se elegeu prefeito do Recife em 59 e governador em 62? Qual era o partido de FHC em 1994 quando ele se elegeu presidente a primeira vez? Era o PMDB disfarçado de PSDB. O povo votou no partido dele ou no Plano Real? Claro que foi no Real. FHC tinha sido ministro da Fazenda e foi o grande beneficiário daquele plano que debelou a inflação e estabilizou a economia. Isso se deu também em 2002 quando o presidente Lula foi eleito a primeira vez. O PT só teve 18% dos votos proporcionais. Então não foi o PT que o elegeu e sim as oposições unidas. Quem elegeu Eduardo Campos governador? Foi o PSB? Não, foi a oposição. Veja o meu caso: fui do MDB, PMDB, PDT, PSB, PPS e voltei para o PSB. Significa que eu nunca tive partido, mas sempre tive lado. O que tem que se fazer é que o eleitor vote no candidato, livremente, e não numa lista que ele não conhece, e que os eleitos sejam os mais votados.

JC – Mas isso também não é uma maneira de enfraquecer os partidos?
LYRA – O Brasil nunca teve, não tem e jamais terá partido político digno deste nome. Veja o caso do deputado Enéas (recentemente falecido) eleito por São Paulo. Teve um milhão e meio de votos, arrastando mais cinco ou seis. O último eleito pela legenda (Prona) teve 400 votos. Esse cidadão tem compromisso com quê? Com nada.

JC – O senhor propõe também extinguir a reeleição. Por quê?
LYRA – Porque não é da nossa tradição política e o nosso presidencialismo é muito forte, imperial. Eu não acho justo o sujeito ser candidato à reeleição na cadeira de governante. Isso vale também para governador e prefeito. Digo isso com muita tranqüilidade porque votei a favor da reeleição. Achava que seria uma coisa boa, mas hoje sou totalmente contra.

JC – O seu modelo de reforma política passa também pelo mandato de cinco anos, de vereador a presidente da República, pela extinção da figura do vice e do suplente de senador. Não é uma proposta muito radical?

LYRA – O mandato de quatro anos é muito curto nesse sistema eleitoral do Brasil e o de oito é longo demais. A solução intermediária é a coincidência de eleições para que o Brasil possa ter tempo de discutir os grandes problemas. Veja o caso do governador Eduardo Campos. Ele foi eleito em 2006 e tomou posse em 2007. Só está no cargo há pouco mais de cinco meses, mas a classe política não fala em outra coisa a não ser em eleição municipal, que só vai ocorrer no próximo ano. Isso tem que acabar. É eleição por cima de eleição e os problemas do povo não são resolvidos. Cinco anos é um tamanho ideal, com eleições coincidentes.

JC – Como se daria a coincidência?

LYRA – As eleições para todos os cargos seriam realizadas num ano só. No primeiro semestre para vereador e prefeito, no meio do ano para governador e deputado estadual e no final do ano para presidente, senador e deputado federal. Isso baratearia os custos de campanha e daria uma margem de tempo razoável ao governante para cuidar dos problemas administrativos. O que não podemos nem devemos é voltar àquele sistema de 82, quando votamos no mesmo dia para vereador, prefeito, deputado estadual, deputado federal, senador e governador. Essa fórmula também não serve ao país. Pela nossa proposta, que já tem muitos adeptos no Congresso, todo mundo teria um mandato de cinco anos, sem direito a reeleição.

JC – Por que o senhor defende a extinção do vice e também do suplente de senador?

LYRA – Creio que o substituto do presidente da República poderia ser o presidente da Câmara, o do governador o presidente da Assembléia, e o do prefeito o presidente da Câmara Municipal. Com relação ao suplente de senador, é uma anomalia. São pessoas que ninguém

conhece e que muitas vezes entram na chapa para bancar o custo das campanhas. Não receberam um voto e vão para o Senado como representantes dos Estados.

JC – No caso do falecimento de um senador, como seria a substituição?

LYRA – Se convocaria de imediato o segundo mais votado. Isso é lógico e racional. Isso se aplicaria também aos Estados e municípios. Se o governador ou o prefeito viesse a falecer antes de cumprir dois anos e meio de mandato, se convocaria uma nova eleição.

JC – Para haver coincidência de eleição teria que haver um mandato-tampão (2008 a 2010) ou eleição para um mandato de seis anos. Qual dessas fórmulas o senhor prefere?

LYRA – Tanto faz. Ou elegeríamos um prefeito em 2008 para dois anos, para haver coincidência em 2010, ou então para um mandato de seis anos para haver coincidência em 2014.

JC –Qual a sua opinião sobre o financiamento público de campanha e o fim das coligações proporcionais?

LYRA – O fim das coligações proporcionais é uma coisa lógica, racional. Não tem sentido a sua existência numa democracia como a nossa. Com relação ao financiamento público de campanha, eu confesso que não tenho opinião firmada. É preciso analisar esse problema com muito cuidado para que esses recursos sejam aplicados com transparência para inibir o abuso do poder econômico.

JC – E a fidelidade partidária?

LYRA –Para não dizerem que estou contra tudo e contra todos, aceito a tese do Ronaldo Caiado: se o sujeito for eleito por um partido, tem que ficar nele por pelo menos três anos.

JC – Por que o senhor diz que o Brasil jamais terá partido político digno deste nome?

LYRA – Eu conheci Felipe González no exílio, como secretário-geral do PSOE (Partido Socialista Operário Espanhol), que é um partido centenário. Conheci também Mário Soares como secretário-geral do Partido

Socialista Português e Álvaro Cunha como presidente do Partido Comunista Português. No Brasil não ocorreu isso. Estavam exilados Brizola, Arraes, Jango, Juscelino, que não eram representantes de nenhum partido, embora fossem filiados aos partidos da época. O único que representava partido era Luiz Carlos Prestes, do PCB, que depois virou PPS. Como é que no Brasil existe partido se o DEM e o PT têm praticamente as mesmas opiniões sobre a reforma política que está em discussão? Num quadro partidário sério o PT jamais poderia estar votando exatamente como vota o DEM.

[Publicada no *Jornal do Commercio*, do Recife, em 16.6.2007]

Nas páginas anteriores:
Campanha de 1994: Miguel Arraes para governador do Estado, e Fernando Lyra para deputado federal, no Recife.

Chico Buarque, Pompeu de Souza e Fernando Lyra, nos corredores do Ministério da Justiça, abril de 1985.
Em página dupla, Fernando Lyra recebendo os líderes metalúrgicos de São Paulo: Djalma Bom, Jair Meneghelli e Luiz Inácio Lula da Silva.

Ao lado, no dia da despedida do Ministério da Justiça, com o recém-empossado ministro Paulo Brossard. À mesa, Dias Gomes, Antônio Houaiss, Darcy Ribeiro, Fernando Lyra, Pompeu de Souza e José Paulo Cavalcanti Filho, entre outros. Teatro Casa-Grande, Rio de Janeiro, agosto de 1985.

Abaixo, o ministro Fernando Lyra despachando com Marcello Cerqueira.

Os companheiros Chico Pinto e Fernando Lyra (Grupo dos Autênticos) e Paes de Andrade. Brasília, 1974.

Pompeu de Souza, Coriolando Fagundes, Sepúlveda Pertence, Fernando Lyra, coronel Alencar Araripe, D'Alembert Jacoud e José Paulo Cavalcanti Filho, em 1985. Posse de Sepúlveda no cargo de procurador-geral da República.

*Comissão Afonso Arinos.
Fernando Lyra, o presidente José Sarney
e todo o ministério. (1985)*

Alencar Furtado, Francisco Pinto, João Hermann, Airton Soares, Fernando Lyra e Miguel Arraes no gabinete de Alencar Furtado.

À esquerda, com o ministro Roberto
Gusmão, da Indústria e Comércio (1985).
Acima, com a atriz Bete Mendes.

Aqui, Fernando Lyra em lançamento de livro de Frei Betto, em Brasília (1987).

*Ná página seguinte, com Jarbas Vasconcelos e Chico Pinto.
De costas, Egídio Ferreira Lima e o deputado Arnaldo Maciel.*

Na UnB, discutindo a Constituinte.

Fernando Lyra com Aécio Neves e Fernando Henrique, inaugurando a Sala Tancredo Neves no Ministério da Justiça (1985). Em outras acasiões, em reunião com José Aparecido Oliveira, em cerimônia na Faculdade de Direito de Caruaru, com Austregésilo de Athayde (1964) e, ainda, com Marco Maciel e Cristovam Buarque, na UnB (1985).

No escritório de Tancredo Neves, em Brasília, com Tancredo e Fernando Henrique Cardoso (1985). Na outra página, com Luiz Inácio Lula da Silva, na Convenção Nacional do PT (1994).

Sepultamento do presidente Tancredo Neves, em Minas Gerais. Ao microfone, Fernando Lyra, discursando na despedida.

ENTREVISTA
Fernando Lyra

Playboy entrevista FL

Uma conversa franca com o escudeiro de Tancredo sobre os bastidores da Nova República, TV, militares, greve, maconha, corrupção, as alegrias e o que não dá para fazer no poder

"Botar pra quebrar": os conservadores devem cair fora do governo e a tecnocracia que emperra a máquina administrativa deve ser quebrada.
Embora possa parecer uma análise de um cientista político do PT ou de algum Teotônio Vilela reencarnado, com todas as letras, e pela primeira vez, essa funda chacoalhada na Aliança Democrática, que passa por uma surpreendente autocrítica da Nova República, é de autoria de um dos membros mais visíveis do governo: o ministro da Justiça, Fernando Lyra. Não se diga que as reflexões um tanto explosivas que Lyra faz a Playboy sejam fruto da inexperiência: poucos são os políticos do governo que carregam uma bagagem como a sua, que inclui cinco mandatos de deputado (um estadual e quatro federais) em dezenove anos de agitada carreira. Muito menos se imagine que o ministro costume dirigir palavras ao vento: seu currículo de notável farejador de caminhos inclui uma ida ao então vice-presidente do regime militar, Aureliano Chaves, para discutir uma certa questão que parecia inequivocamente exótica na época – a de uma Constituinte –, no hoje longínquo ano de 1981. Por isso, ele passou alguns maus bocados entre seus então colegas dos "autênticos" do PMDB.

Mas, sobretudo, sua folha ostenta a lustrosa pérola de ter sido ele o lançador da idéia política que acabou, efetivamente, virando de pernas para o ar a recente história do país – a da candidatura de Tancredo Neves à Presidência da República. Era uma sugestão aparentemente tão extemporânea, na ocasião, que o próprio Tancredo, o primeiro a ouvi-la formulada por Lyra, durante um almoço no dia 16 de março de 1983 no Palácio das Mangabeiras, em Belo Horizonte, reagiu com o seguinte comentário:
– Ué... Isso é uma loucura, eu tomei posse ontem no governo de Minas!
Acabou, é claro, sendo uma idéia extremamente razoável e fecunda, como iriam comprovar 130 milhões de brasileiros. A partir desse episódio, Lyra deixou suas vestimentas de "autêntico" para tornar-se, cada vez mais, uma espécie de delfim ou "filho político" de Tancredo, em quem viu desde o início o grande nome capaz de armar a transição do regime. Tancredo utilizou os serviços de Lyra em toda a minuciosa, habilíssima costura política que o consagrou no Colégio Eleitoral e, depois, confiou-lhe missões delicadas durante a montagem de seu Ministério, como ele conta a Playboy.
Ele próprio ministro da Justiça designado por Tancredo e mantido pelo presidente José Sarney, este político de Caruaru (PE), 47 anos, casado, três filhas, apreciador de Stevie Wonder e Elba Ramalho, encontra-se, hoje, numa posição peculiar: respeita e é leal ao presidente, mas não pôde, com ele – e por razões óbvias –, repetir a dobradinha que fez com Tancredo; esvaziado das funções de coordenador político do governo e um tanto isolado no Ministério, é, no entanto, paradoxalmente titular da pasta em cuja área a Nova República mais fez mudanças, a começar pelo enorme avanço em todo um elenco de liberdades públicas.

Ao deixar o poder, Lyra abandonará poucas mordomias. O deputado vai morar no mesmo lugar onde vive o ministro: o apartamento na verdejante Superquadra Norte 302, em Brasília, pertencente à Câmara e que ele ocupa desde 1972. (Lyra só tem um imóvel próprio, um apartamento comprado há doze anos via BNH em Piedade, no Recife, ampliado com o acréscimo do apartamento vizinho, adquirido em 1984. Nomeado ministro, não quis ir para uma das mansões oficiais no Lago de Brasília, que para ele têm "um estigma".) No mais, os 12 milhões de cruzeiros líquidos de salário que lhe sobram por mês como ministro podem ser até menos do que voltará a receber como deputado, graças às sessões extraordinárias e outras vantagens; ele deixará de ter seu único agente de segurança fixo que aceitou ter – o delegado Edson Costa, da Polícia Federal – e, em vez do carro oficial equipado com telefone, voltará a circular exclusivamente em seu Monza quatro portas cinza metálico.

Antes disso, para ouvir Lyra fazer um rico balanço de um ano da Nova República desde a eleição de Tancredo, a 15 de janeiro de 1985, Playboy *designou o redator-chefe Ricardo A. Setti. Ele relata:*

"Na luta dentro do governo entre negociação e repressão nas greves, a posição mais inflexível, pela formação dele, era a do general Ivan de Souza Mendes, chefe do SNI. Felizmente, a negociação venceu".

"E tem aquela história de eu não servir para ministro porque não sou jurista. Ora, eu não vim para aplicar a lei autoritária, eu vim para mudar a lei. Se fosse para aplicar, o melhor mesmo era o Buzaid".

"Houve falta de empenho das grandes lideranças do PMDB na campanha do Fernando Henrique em São Paulo. No fundo, foi ciúme: o pessoal o via como candidato a presidente, o sucesso dele ia ofuscar muita gente".

Enquanto o Landau preto de chapa verde e amarela singrava o Eixo Rodoviário W de Brasília numa segunda-feira à noite, para me propiciar uma rápida carona – o ministro ia buscar um amigo no aeroporto —, Fernando Lyra deu três telefonemas em 10 minutos. Isso dá a medida de duas coisas: o trepidante ritmo do ministro e as complexidades da missão de entrevistá-lo adequadamente. Lyra acorda antes das 7 da manhã, raramente dorme antes da 1 e ajuda suas seis pontes de safena (implantadas em 1978) a resistir à Nova República com 40 minutos de caminhada matinal diária. A dieta também colabora, se bem que, quando me convidou para almoçar em sua casa – com a esposa, Márcia, e o chefe de gabinete, Joaquim Falcão – um saudável cardápio de saladas, arroz, peito de frango ensopado com batatas e três tipos de fruta, o ministro repetiu três vezes, comeu depressa e por um triz deixou de resistir a um doce de goiaba com queijo branco. Deve ser por isso que, seja qual for o regime – político ou alimentar –, Lyra está sempre com 10 quilos a mais do que deveria.

"A entrevista, feita em três sessões, encerrou-se com uma rodada de conversas numa suíte no 17.º andar do hotel Caesar Park, em São Paulo – em que Lyra, antes da hora que havíamos marcado, contabilizou quarenta telefonemas dados e recebidos. As outras duas foram na sala de seu amplo apartamento em Brasília, decorada com obras de pintores primitivos e as ilustrações de Dez Sonetos com Mote Alheio, do poeta pernambucano Ariano Suassuna. Ali, naquele setor do prédio, ele é vizinho de elevador de onze deputados – três do PMDB, cinco do PFL, um do PDT, um do PDS e um sem partido. Haverá habitat *mais apropriado para um político em tempo integral?"*

PLAYBOY – O senhor está satisfeito com os rumos da Nova República?
LYRA – Ela está muito aquém do que eu imaginei e do que imagino. Mas, por outro lado, sou muito consciente de que esse projeto em curso não é meu, nem do presidente Sarney, nem de Tancredo, mas é um projeto da sociedade brasileira. Eu me angustiei muito nos primeiros cem dias de governo, mas, desde que entendi isso, me tranqüilizei. Este governo está aí especificamente como instrumento da sociedade para executar a transição a caminho da democracia. Assim, em tudo o que for para liberalizar o processo, pode-se avançar que se estará sintonizado com a sociedade. Agora, tudo o que for polêmico, que não for consensual, tem, no momento, que ser feito pelo exemplo. Não se consegue levar adiante os projetos que não tenham consenso, porque nós estamos vivendo – disso eu sou muito consciente, e a minha insatisfação talvez decorra disso – um momento de transição, um governo atípico.
PLAYBOY – O senhor acha que está sendo possível fazer as mudanças que eram e são reclamadas pela sociedade?
LYRA – As mudanças fundamentais na parte institucional estão sendo feitas. Não tenha dúvida. Veja no que nós avançamos. As eleições municipais de novembro passado, por exemplo, foram as mais livres da história republicana: os partidos comunistas legalizados, todas as tendências explicitadas, sem Lei Falcão – todo mundo pôde dizer o que quis. Cada ato que eu pratico ou cada fato político que advém da minha ação no sentido da liberalização do processo me gratifica, me faz feliz. Quando discutimos a legalização dos partidos clandestinos, e de certa forma eu influí para que o Congresso aprovasse a abertura partidária, quando se quebrou a fidelidade partidária obrigatória, quando eu pude dizer que a censura política acabou – só para citar alguns exemplos – foi muito gratificante.

PLAYBOY – O senhor se sente à vontade no governo?
LYRA – Geralmente, sim. Vez por outra, não.
PLAYBOY – Quando é que o senhor não se sente à vontade?
LYRA – Quando a heterogeneidade fica muito explicitada e sinto que não há hegemonia para a gente avançar em algumas questões. "Se resolveram não me conceder a Ordem do Mérito Militar? Nunca procurei saber. Essas coisas é melhor não saber.
PLAYBOY – Em que se manifestou essa heterogeneidade?
LYRA – Numa questão ela ficou muito nítida: na luta que travamos desde o início do governo entre repressão e negociação – nos conflitos trabalhistas. Felizmente ganhou a negociação, mas eu temi muito em determinadas horas os efeitos da persistência no uso da velha frase "a lei é para ser cumprida".
Eu reconheço que é, mas a legislação tem que ser adaptada à nova época, e não houve tempo para isso – nem a legislação trabalhista, nem a Lei de Segurança Nacional, nem a Lei de Imprensa.
PLAYBOY – Quem defendia esta postura mais inflexível no governo?
LYRA – Geralmente, era o general Ivan [de Souza Mendes, ministro-chefe do Serviço Nacional de Informações]. Ele, como eu, entende que a lei é para ser cumprida. Agora, a rigidez da legislação faz com que nós, políticos, tenhamos flexibilidade para aplicá-la ou não. E ele, não, por sua formação. Eu, que como ministro da Justiça sou o guardião da lei, fiquei em situações muito difíceis, porque eu tinha que discutir o cumprimento de leis que entendia defasadas. Mas, felizmente, conseguimos negociar.
PLAYBOY – Além do general Ivan, quem compartilhava esta posição menos flexível? O general Rubem Denys, chefe do Gabinete Militar?
LYRA – Não, não. O general Ivan era típico [dessa postura] porque ele tinha uma missão muito específica no governo. Isso criou dificuldades, mas superadas

porque a negociação ganhou. O projeto da sociedade – e aí eu volto ao tema – era e é o da liberalização, e então a negociação ganhou longe da repressão. Por isso nós determinamos, por exemplo, que a Polícia Federal, dentro da lei, não pode efetuar prisões políticas. Isso foi cumprido à risca: em mais de quatrocentas greves, não houve nenhuma prisão política, que era um lugar-comum na velha República. Esse galardão eu vou levar quando sair do ministério.

PLAYBOY – Em que episódio essa dualidade de posições foi mais acentuada?

LYRA – Foi quando houve aquela inconseqüência durante a greve dos metalúrgicos em São Paulo, a invasão da fábrica da General Motors [de 24 a 28 de abril de 1985, em São José dos Campos]. Ali eu me preocupei muito, porque houve uma inconseqüência política grave na área dos trabalhadores. Outra greve que foi preocupante, em que pese não ter sido na área de produção, mas que afetou muito a classe média, foi a dos aeronautas e aeroviários [de 30 de abril a 4 de maio de 1985]. Felizmente, quem me deu uma grande lição foi uma empresa. Aí eu ganhei a discussão usando o argumento capitalista: com a antecipação do entendimento havida na Transbrasil, a empresa provou que, quando o empresário tem visão para se antecipar, evita o pior.

PLAYBOY – Tais discussões envolveram que ministros dentro do governo?

LYRA – Foi no contexto dos ministros que tinham a ver com as greves. Eu, o [Roberto] Gusmão [ministro da Indústria e Comércio], o [Almir] Pazzianoto [ministro do Trabalho], o general Ivan e o José Hugo [chefe do Gabinete Civil da Presidência].

PLAYBOY – Fala-se com insistência que existe um desconforto dos militares membros do governo com sua presença no Ministério. O senhor seria um ministro "de esquerda", e muitos de seus assessores também se alinhariam à esquerda, o que causaria o mal-estar. A revista *Veja* também mencionou, sem

ter sido desmentida por ninguém, o episódio em que se decidiu não atribuir ao senhor a medalha da Ordem do Mérito Militar, no dia 7 de setembro do ano passado. O desconforto existe?

LYRA – De minha parte, não.

PLAYBOY – E da outra parte?

LYRA – Olha, eu tenho uma convivência muito boa com o general Ivan e não tenho nenhuma queixa dos outros ministros [militares], nenhum frisson. E uma convivência natural e normal. Não tenho por que me afastar deles.

PLAYBOY – Então por que o senhor sorriu quando eu mencionei o episódio da Ordem do Mérito Militar?

LYRA – [Sorrindo] Porque dessa questão eu soube pela *Veja* e nunca procurei checar se realmente correspondia ou não à verdade. Mas, realmente, como você me chamou a atenção, é algo que nunca foi desmentido.

PLAYBOY – O senhor admite, então, que pode efetivamente ter ocorrido?

LYRA – Pode ter ocorrido.

PLAYBOY – E por que o senhor não resolveu conferir?

LYRA – Porque não influi nem contribui para nada. Essas coisas é melhor não saber. [Riso] Mas eu tenho a melhor impressão dos ministros militares deste governo.

PLAYBOY – O senhor tem convivência social com eles? Já convidou algum dos ministros militares para jantar em sua casa?

LYRA – Não. Não só eles, não convidei nenhum ministro. Eu só os encontro em recepções e solenidades ou quando o ministério está reunido. Não tenho o hábito de fazê-lo.

PLAYBOY – Como é sua relação dentro do governo com políticos que foram seus adversários declarados, como o ministro das Comunicações, Antônio Carlos Magalhães?

LYRA – Eu me dou muito bem com ele. Porque com o Antônio Carlos é fácil: eu conheço quem é o Antônio Carlos e ele me conhece. O Antônio Carlos tem uma posição muito definida.

PLAYBOY – A posição assumida por alguns ministros na eleição municipal

de novembro passado não azedou a convivência no ministério? O chanceler Olavo Setúbal, por exemplo, foi muito criticado pelo senhor por ter apoiado o prefeito Jânio Quadros em São Paulo.

LYRA – Essa foi uma questão eleitoral, e eu como integrante de um segmento do governo fui, naquela época, duro com outros segmentos que torpedeavam o trabalho que fazíamos pelo atual processo. O que me intrigou naquelas eleições foi a aliança de pessoas comprometidas com as mudanças – porque fazem parte de um governo que tem como objetivo as mudanças que a sociedade reivindica – com expoentes da Velha República. Na época fiquei intrigado. Depois, passou. O processo se encarrega de diluir isso.

PLAYBOY – Mas o chanceler Olavo Setúbal não fez em São Paulo a mesma coisa que o senhor fez no Recife?

LYRA – Não.

PLAYBOY – O chanceler Olavo Setúbal apoiou um candidato que não era do PMDB. O senhor também.

LYRA – É bem diferente. Eu apoiei um candidato que era o preferido de 80% do PMDB, mas que circunstancialmente não obteve a indicação oficial do partido. A legislação eleitoral mudou pouco antes das convenções e permitiram-se filiações de última hora. O grupo do outro candidato fez essas filiações. Com ela, conseguiu uma maioria eventual em cinco das nove zonas eleitorais do Recife. Nas outras, nem chegou a haver disputa, porque não estavam formadas as zonas, não deu tempo.

PLAYBOY – Sua posição não contribuiu para piorar ainda mais as relações dentro da Aliança Democrática?

LYRA – Minha posição ajudou a consolidar um processo de uma facção política pernambucana que tem uma história. Eu fiquei a favor da minha história, da história da resistência. O candidato que eu e meus companheiros apoiamos, Jarbas Vasconcelos, tinha um

embasamento na cidade que ninguém tinha. A prova disso é que, apesar de dispor de 5 minutos por dia de propaganda na televisão, contra 32 do candidato oficial, nós ganhamos. Já a posição do doutor Olavo é diferente. Eu não apoiei ninguém da Velha República, ninguém comprometido com Maluf, com Delfim, ninguém que tivesse em mente a anarquia partidária. Além disso, diretamente nos comícios ou em mensagens pela televisão, eu trabalhei para o PMDB em todos os Estados brasileiros. Sem usar nada da máquina do governo: só minha palavra.

PLAYBOY – Já que falamos nas eleições do ano passado, é verdade que muita gente no governo federal torceu pela vitória de Jânio em São Paulo?

LYRA – Foi.

PLAYBOY – Não faltou quem dissesse que o próprio presidente, ao menos durante algum tempo, também torceu...

LYRA – Acho que muita gente tentou convencer o presidente de que seria bom para ele Jânio ganhar, porque ele se livraria do PMDB. Mas acho que o presidente não embarcou jamais nessa. Em todas as vezes em que esteve comigo, ele sempre se preocupava com o Fernando Henrique. Ele sempre me disse que investisse em Fernando Henrique. Ele foi muito explícito.

PLAYBOY – Dos ministros que não são do PFL, quem torceu por Jânio?

LYRA – Eu acho que não houve envolvimento com a candidatura Fernando Henrique como deveria haver. Não houve uma determinação. O assunto já foi muito conversado, mas eu acho que em São Paulo não foi o candidato [Jânio] quem ganhou, foi o PMDB que perdeu. E nos outros Estados onde o PMDB perdeu ou não foi bem, geralmente foi porque se preocupou muito com o equilíbrio no centro, o PT e o PDT entraram pela esquerda e conseguiram chegar. Foi o caso de Fortaleza, Goiânia, Rio, São Paulo...

PLAYBOY – Mas o senador Fernando Henrique teria perdido em São Paulo por esta razão?

LYRA – Eu não gostaria de revelar isso, mas vou revelar. A candidatura de Fernando Henrique, o sucesso de Fernando Henrique ia ofuscar muita gente. Houve falta de empenho das grandes lideranças do PMDB em São Paulo. Uma espécie de ciúme precoce. No fundo, o pessoal via Fernando como candidato a presidente. Ele é uma peça muito importante, um quadro muito interessante. Eu acho que ele ainda tem futuro político. Afinal, o próprio doutor Tancredo chegou à Presidência da República tendo perdido no passado uma eleição para o governo de Minas.

PLAYBOY – Só uma última pergunta sobre a eleição de São Paulo: o senhor compartilha da tese, bastante disseminada, de que a instalação de Jânio como prefeito "zerou" a política brasileira e agora se tem que repensar tudo?

LYRA – Isso tem um pouco de megalomania paulista. Jânio foi eleito prefeito de São Paulo. [Enfático] E só! Só! Ele, logo após a eleição, começou até a dizer que o presidente tinha que mudar o Ministério e inclusive me citou nominalmente. Eu respondi que ele era prefeito de São Paulo e tinha que cuidar do secretariado municipal. Só. Ele vai ter que cuidar de buraco de rua. E dar segurança ao povo [irônico], que ele prometeu muito. Tem que dar segurança ao povo!

PLAYBOY – Quando o citou nominalmente, o prefeito Jânio chamou-o de "ministro de moralidade duvidosa", referindo-se ao episódio de 1980 em que o senhor e a esposa do então senador Marcos Freire foram obrigados a deixar-se fotografar num motel de Brasília. Os detalhes da história como o senhor narrou já estão um pouco apagados pelo tempo. O senhor pretende deixar que fique prevalecendo a interpretação de seus adversários?

LYRA – Cada um de nós carrega uma cruz, não é? Minha cruz é esse episódio de 1980, que já foi reiteradas vezes explorado. Foi algo que magoou muito a mim, à minha família, à família de Marcos Freire. Mas para mim é

um caso superado – tanto é que hoje eu estou no poder e nunca pensei em resolvê-lo – e que eu não comento.

PLAYBOY – O deputado Paulo Maluf o desafiou há algum tempo a, como ministro da Justiça, apurar o caso e prender os culpados.

LYRA – Não tenho como apurar, porque nem processo há.

PLAYBOY – Mas não faz sentido realizar diligências policiais?

LYRA – Não faz, porque tudo à época foi feito sem denúncia formal. A verdade é que para mim é um assunto morto, até porque não compete só a mim, envolve outras pessoas – a minha família e a de Marcos Freire.

PLAYBOY – Não seria interessante para o senhor que a Polícia Federal investigasse o assunto? A revista *Veja*, recentemente, disse que tinha gente do general Octavio Medeiros, à época chefe do SNI, envolvida no caso.

LYRA – Eu tenho outro caso sério que não tive condições de apurar – e estou pagando um pouco por isso –, que é o assassinato de um grande líder municipal de Caruaru. Foi assassinado, todo mundo sabe praticamente quem mandou, quem não mandou, e eu não tenho como resolver isso.

PLAYBOY – Mas o senhor não pode simplesmente mandar investigar?

LYRA – Acho que seria uma tentativa frustrante e que não me faria bem resolver esse episódio todo. Para mim é assunto encerrado. Os que fizeram já devem estar pagando caro, eu não tenho dúvida disso.

PLAYBOY – Como assim?

LYRA – Quer dizer, só o susto que eles têm em saber o que eu poderia fazer na hora que quisesse, e não faço, já é suficiente.

PLAYBOY – Retomando o fio da meada: o senhor disse há pouco que a postura "centrista" do PMDB em algumas capitais foi que levou o partido a perder terreno em novembro passado. Essa seria, então, para o senhor, a lição fundamental das urnas?

LYRA – A sociedade brasileira, pelo resultado das eleições nas capitais, demonstrou claramente que quer mudanças. Por outro lado, em que pese haver aparente contradição,

este governo tem que implementar a institucionalização do país como está fazendo, convocando a Constituinte como já fez, eliminando todo o entulho autoritário para poder executar as mudanças com a hegemonia que advirá certamente da eleição deste ano. Este governo que está aí não pode ser de mudanças profundas porque ele é de transição. O PMDB tem que permanecer sintonizado com as aspirações populares e dizer claramente que, embora esteja no poder, essas transformações não podem ser feitas ainda. E isto porque ele faz parte de um governo de transição, heterogêneo, e pelas forças retrógradas que integram o mesmo governo, decorrentes de uma aliança que deve sustentar este governo até a eleição da Constituinte.

PLAYBOY – Uma postura deste tipo do PMDB – denunciar seus parceiros – não implodiria a Aliança Democrática?

LYRA – Mas pior do que isso é perder sua identidade. Quando o PMDB perde a identidade, é confundido com o PDS.

PLAYBOY – Em novembro já não aconteceu isso?

LYRA – Exatamente nos lugares em que o partido ficou no centro, sem manter sua identidade mudancista bem definida, ele entrou pelo cano.

PLAYBOY – Mas a opinião pública, o eleitorado tem paciência para aguardar pelas transformações até o final da transição? Não seria mais fácil pegar o barco das diretas-já este ano?

LYRA – Se não houver por parte do PMDB a competência para fazer mudanças, aí realmente é mais fácil para a opinião pública entender o apelo do imediatismo. É claro.

PLAYBOY – As diretas-já têm chance de ser aprovadas, se a campanha eventualmente pegar fogo nas ruas?

LYRA – As eleições diretas já estão inseridas na Constituição. Qualquer coisa a partir de agora seria em cima do mandato do presidente Sarney. A campanha

não é pelas diretas, mas pelo encurtamento do mandato do presidente, que equivale a uma cassação. Ele já manifestou o desejo de que seu mandato seja de quatro anos, mas quem vai decidir isso será a Constituinte.

PLAYBOY – O atual Congresso não tem poderes para isso?

LYRA – Tem, mas não vejo como fazê-lo e não acredito que esses movimentos, mesmo que cresçam, tenham condições de superar os dois terços necessários de votos da Câmara e do Senado. Você não pode fugir ao pragmatismo: é uma questão de números. Não adianta imaginar diretas-86 porque elas têm que passar pelo Congresso. E o governo, em qualquer circunstância, terá pelo menos um terço para conter o processo. Além do mais, diretas é uma coisa, mas diretas para cassar o mandato do presidente acho que é uma coisa que não pega.

PLAYBOY – O senhor referiu-se às transformações que a Nova República fez no terreno político e institucional. Mas o próprio prefeito Jarbas Vasconcelos, seu aliado, que reconhece esses avanços, critica o governo por pouco ter realizado nos terrenos social e econômico. Por que ocorre isso?

LYRA – Em função da composição política. O problema da ineficiência da máquina governamental. A máquina do governo não anda, por causa da tecnocracia, que precisa ser quebrada – toda quebrada. Tem-se que implementar uma ação vigorosa. Agora, não é reforma de Ministério que resolve isso. É decisão política.

PLAYBOY – E decisão política está faltando a quem?

LYRA – Falta botar para quebrar.

PLAYBOY – Mas quem, exatamente, deve fazer isso?

LYRA – Tem que ser o governo como um todo. Não adianta só o presidente falar, só um ministro falar. O ministro Gusmão, por exemplo, botou para quebrar no caso do IAA [Instituto do Açúcar e do Álcool] e do IBC [Instituto Brasileiro do Café] e não houve conseqüência nenhuma até agora. Ele não pôde dar seqüência à sua

ação. Já são meses de governo, e até agora – por conta da defasagem na legislação – não tem ninguém punido. E tem ladrão à beça aí para ser posto na cadeia.

PLAYBOY – Mas é a Nova República que está no poder, e até hoje nenhum graúdo foi para a prisão. Por quê?

LYRA – Tem a questão da legislação e tem uma certa tolerância.

PLAYBOY – O senhor acha que a opinião pública entende essa situação?

LYRA – Não. Eu mesmo, como ministro, me angustio. Imagine o povo.

PLAYBOY – Então qual é a saída para botar finalmente os ladrões na cadeia?

LYRA – A saída é a imediata mudança da legislação, é criar condições imediatas para punir esse pessoal todo.

PLAYBOY – Mas, ministro, não existe um Código Penal em vigor?

LYRA – A Justiça é muito vagarosa, muito demorada, muito defasada. Eu estava vendo um dia desses na televisão o julgamento dos seqüestradores do navio italiano Achille Lauro. Aqui no Brasil eles iriam ser julgados daqui a uns cinqüenta anos. Daqui a dois anos é que o caso iria dar entrada num tribunal.

PLAYBOY – Mas na sua própria área, o Ministério da Justiça, qual foi o grande canalha nacional que foi denunciado no Judiciário? Escândalos é que não faltam...

LYRA – Teve o pessoal do Brasilinvest, houve alguns outros, tem um processo pendente envolvendo os ex-ministros Delfim Netto e Ernane Galvêas na Procuradoria-Geral da República, mas que ainda está tramitando, e teve o processo do [ex-ministro da Justiça Ibrahim] Abi-Ackel, que independeu de ação interna, porque veio do exterior. Agora, veja você: esse caso dos bancos Comind, Auxiliar e Maisonnave. Sete, 12, não sei quantos... 15 trilhões de cruzeiros! Isso aí dava para fazer dez reformas agrárias, dava para irrigar o Nordeste todinho, dava para eliminar uma série de carências – tudo por conta das falcatruas dos poderosos.

E não há uma providência eficaz. São essas mudanças que a sociedade espera.

PLAYBOY – No caso de providências contra falcatruas dos poderosos, não é uma conta que se possa debitar exatamente ao senhor?

LYRA – É capaz. Eu tomei todas as providências, mas isso não é uma questão do ministro da Justiça. Ora, só porque os processos estão tramitando – processos anteriores à minha gestão, como o caso Coroa-Brastel, que é do tempo do Figueiredo — já está uma guerra contra mim!

PLAYBOY – E as mudanças de legislação que o senhor considera necessárias para punir os prevaricadores? Por que o senhor não tomou as providências para alterá-la?

LYRA – Eu adotei algumas iniciativas isoladas. Não existe uma determinação política para fazer as leis para isso.

PLAYBOY – Pelo seu tom, ministro, somos obrigados a interpretar que o problema, então, está no presidente da República?

LYRA – Não. O presidente tem demonstrado querer que sejam evitados novos escândalos, evitada a corrupção. Ele tem tomado providências. O negócio é mais profundo, entendeu? Eu confesso a você que mal sei definir o que é.

PLAYBOY – O senhor imagine então a opinião pública!

LYRA – Creio que deve ser a forma como o governo foi composto, a forma da transição – é por aí. É isso que faz com que essas medidas drásticas não sejam efetivadas no ritmo que o povo exige.

PLAYBOY – Qual seria a solução política, então? O PMDB ganhar estourado as eleições deste ano, fazer maioria e ter uma hegemonia completa no governo?

LYRA – Acho que sim.

PLAYBOY – Quer dizer, então, acabar com a Aliança Democrática?

LYRA – Eu acho que sim. A partir das eleições deste ano, eu acho que o PMDB deve botar para quebrar, ganhar a eleição e ter hegemonia no governo para fazer as transformações. Para mim, é o lema perfeito do PMDB.

PLAYBOY – Para o PMDB, então, a Aliança Democrática tem sido um peso?

LYRA – Nós temos levado o ônus. Em que pese a Frente Liberal ter participado do processo, e eu rendo minhas homenagens à sua participação, a verdade é que em alguns locais não mudou nada por conta dessa aliança. [Enfático, elevando a voz] Nada, nada vezes nada! Então o PMDB tem que tocar pra frente, fazer a maioria da Constituinte e ter a maioria do governo, para poder dar respaldo ao presidente Sarney, de forma a fazer essas transformações profundas, reais. Porque, em caso contrário, não fará. O PMDB tem o ônus sem o bônus. Quanto a mim, é porque sou político, tenho experiência e jogo de cintura. Mas se não fosse isso no Ministério da Justiça, eu não sei onde estaríamos hoje.

PLAYBOY – O seu seria o setor do governo que mais avançou?

LYRA – É o setor que mais avançou e, se não tivesse alguém de sensibilidade política [no Ministério], teriam sido usadas até leis de exceção no governo.

PLAYBOY – Quer dizer que, em sua opinião, nem nesse setor teria havido um avanço se não tivesse um político do PMDB ocupando o cargo?

LYRA – Ah, não tem dúvida.

PLAYBOY – De todo modo, esse avanço a que o senhor se refere, e cujo mérito reivindica em parte para o seu ministério, o transformou num ministro visado, não?

LYRA – O Ministério da Justiça, desde a Nova República, vem sendo sistematicamente atacado. Mas é fácil perceber por quê. Nós contrariamos muita gente. Muitos interesses. No Ministério e na Procuradoria-Geral da República estão correndo inquéritos contra Abi-Ackel, Delfim Netto, Mário Garnero [ex-presidente do grupo Brasilinvest], Ernane Galvêas, Carlos Langoni [ex-presidente do Banco Central] e Paulo Maluf. E se o [ministro da Fazenda, Dilson] Funaro e o [Fernão] Bracher [presidente do Banco Central] encontrarem irregularidades nas administrações do Comind ou do

Auxiliar, por exemplo, e nos solicitarem, novos inquéritos serão abertos também. Tem casos muito sérios aí. O Delfim vai ser indiciado em processo. E é importante que eu caia antes disso. Delfim tem medo de que isso apareça, porque – infelizmente – ele sempre mandou neste país. Essa gente toda, é natural que não goste do ministro da Justiça, e tente de todas as formas derrubá-lo.

PLAYBOY – Como?

LYRA – No começo, me chamavam de comunista e me acusavam de estar cercado de comunistas. Não sou nem nunca fui comunista, e não vou cassar ninguém por motivos ideológicos. Sempre que existirem comunistas competentes e democratas, nada vejo de mal que trabalhem comigo em favor do país. A acusação de comunista não pegou. Depois me acusaram de apoiar um candidato do PSB no Recife, Jarbas Vasconcelos, sendo eu do PMDB. Quebraram a cara. A vitória de Jarbas mostrou qual era o PMDB real, como eu já disse. O presidente Sarney, que é do PMDB, acabou indo a São Luís votar no candidato do PFL. Está errado o Sarney? Nada disso. Estamos certos, eu e ele.

PLAYBOY – Que mais?

LYRA – Depois vieram com aquela história de que eu não servia para ministro porque não era jurista. Ora, eu não vim para aplicar a lei autoritária, eu vim para mudar a lei. Eu vim para abrir o debate na sociedade sobre a Lei de Imprensa, a Lei de Segurança Nacional, a legislação sobre censura. Só o político pode abrir esse debate e ter a sensibilidade de encaminhar o que a sociedade quer. Para isso me cerquei dos melhores juristas do país: o Evandro Lins e Silva, o José Paulo Pertence, o Técio Lins e Silva. Nas comissões de reforma de legislação temos nos ajudando o Mário

Sérgio Duarte Garcia, o Fábio Comparato, o Carlos Leone, o Evaristo de Moraes. Se fosse para aplicar a lei autoritária, o melhor mesmo era o Buzaid, e não eu. Faço questão de ser a esquerda do ministério. Eu estou ali para promover mudanças.

PLAYBOY – Agora, para falar de uma questão pessoal: mesmo empenhado nessa tarefa, o senhor é tido como um leitor compulsivo de jornais e revistas. O poder permite que o senhor leia o quê?

LYRA – Leio diariamente, a partir de 6 e meia, 7 horas da manhã, a sinopse dos jornais preparada pela EBN [Empresa Brasileira de Notícias, ligada ao Ministério da Justiça], o *Correio Braziliense* e o *Jornal de Brasília*. Quando estou em Pernambuco, leio os jornais da terra. Leio sistematicamente o *Jornal do Brasil*, *O Globo*, *O Estado de S. Paulo* e a *Folha de S.Paulo*. Passo a vista na *Gazeta Mercantil* e vejo sempre a capa do *Jornal da Tarde* e da *Tribuna da Imprensa*. Leio semanalmente as revistas todas: *Veja*, *IstoÉ*, *Afinal*, *Fatos* e *Senhor*. Bem, leio, vírgula: vejo o que mais me interessa. Leio também *Playboy*, sistematicamente. E em meu gabinete recebo recortes de todos os jornais relativos a assuntos importantes do Ministério.

PLAYBOY – O senhor gosta de Playboy?

LYRA – Gosto. Eu acho a revista muito dinâmica, cheia de vida. É uma revista que completa a leitura do cotidiano. Gosto muito dela.

PLAYBOY – Dá para ver televisão?

LYRA – Quando posso e estou em casa, assisto aos telejornais da noite. Vejo o *Bom dia, Brasil*. Lamentavelmente, não posso mais ver novelas. Não dá. Quando Roque Santeiro terminar, vou pedir à Globo um compacto. Foi uma novela muito censurada no passado e hoje é algo marcante.

PLAYBOY – E cinema?

LYRA – Infelizmente, não tenho mais condições.

PLAYBOY – Nem o célebre cineminha da Censura?
LYRA – A esse eu nunca fui.
PLAYBOY – Teatro?
LYRA – Quando ia ao Rio, freqüentava teatro, antes de ser ministro. Agora, não me lembro de ter ido.
PLAYBOY – E livros, dá para ler?
LYRA – Muito pouco. A minha leitura compulsória é tão grande que *A insustentável leveza do ser* [de Milan Kundera] está há sessenta dias na minha cabeceira e eu não consigo terminar. Agora estou lendo *Olga*, de Fernando Morais.
PLAYBOY – Qual foi o último livro que o senhor conseguiu terminar?
LYRA – [Pensativo, fazendo longa pausa] Deixe-me ver... Nossa Senhora, eu não me lembro! Ah, já sei: foi o livro *Assim morreu Tancredo* [de Antônio Britto e Luís Cláudio Cunha]. Bem, foi meio leitura de trabalho – um documento sério.
PLAYBOY – O senhor leu algum livro do presidente José Sarney?
LYRA – Olha, eu vou confessar... Eu li *Os marimbondos de fogo*. Na época em que ele lançou [1979]. Fui ao lançamento, ele ainda era senador. [Pausa] Aliás, uma pergunta parecida me foi feita à saída do gabinete pelo repórter Ernesto Varela. Ele queria saber se eu tinha lido algum livro dele e o que achava de um presidente poeta. Eu disse: "Feliz de um povo que tem um poeta presidente".
PLAYBOY – O senhor leu algum outro livro do presidente?
LYRA – Não. Só esse.
PLAYBOY – E o senhor gostou?
LYRA – Gostei. Na época não me chamou a... Quer dizer, hoje você lê já com um outro significado...
PLAYBOY – Na época não chamou sua atenção, então?
LYRA – ... e outro dia eu passei a vista em alguns contos dessa coletânea *Dez contos escolhidos*. Aliás, eu estava com o presidente quando ele recebeu a edição. Tem até

um conto dele sobre a reforma agrária, ainda escrito no Maranhão, quando ele era governador. E ele me disse: "Tá vendo? Minha luta pela reforma agrária não é de agora, não. Ela vem de longe". [Risos]

PLAYBOY – Cá pra nós, o senhor acha que o presidente leva jeito?

LYRA – Leva. O presidente é um sentimental, um homem que gosta das coisas da terra, um homem fiel a suas origens. É um embasamento fundamental para quem desenvolve atividade literária.

PLAYBOY – Voltando à política e deixando o lado literário do presidente: há quem veja na sua situação também um ministro da Justiça esvaziado de seu papel de coordenador político do governo Sarney.

LYRA – Eu só sei fazer as coisas e cumprir as tarefas – e foi assim durante todo o tempo do doutor Tancredo – quando recebo delegação específica. Muitas e muitas vezes ele determinava: "Vá e resolva". E eu fui e resolvi. Não foi por outra razão que ele me designou ministro da Justiça. Além disso, eu tinha um entendimento político de tal ordem com o doutor Tancredo que nós, como se diz na linguagem futebolística, jogávamos no escuro. Eu imaginava as dificuldades por que ele iria passar e aplainava os caminhos para ele percorrer. Ele tinha em mim uma confiança absoluta. Com o presidente Sarney, embora eu mantivesse um bom relacionamento desde a primeira hora, desde sua época de senador, nós nunca tínhamos tido relações políticas. E eu acho que coordenação política só se tem à medida que se adquire a confiança absoluta. Absoluta! E eu não poderia exigir isso do presidente Sarney ainda. Mas não me sinto substituído por ninguém. E fico muito tranqüilo quando essa coordenação hoje é exercida pelo próprio presidente – porque ele é realmente o coordenador político.

O presidente tem requisitos que reputo fundamentais num homem público. Ele tem sensibilidade política, tem

percepção, tem visão. O presidente Sarney tinha se preparado para ser vice, teve que assumir todos os encargos e compromissos do doutor Tancredo sem conhecê-los na maioria dos casos – porque a rigor só o doutor Tancredo tinha os detalhes —, teve que atravessar um desafio e um período muito difíceis, e tem se saído muito bem.

PLAYBOY – Como foi aquela "bronca" que o senhor teria levado do presidente quando faltou a uma audiência em novembro?

LYRA – Não houve nada daquilo! Minhas audiências com o presidente são sempre às segundas-feiras, às 11 horas. Com o término das eleições, houve uma inversão: o Conselho Político se reuniu na segunda, no horário da minha audiência, que foi transferida para terça. Mas não fui avisado a tempo. Como eu tinha conversado com o presidente durante a reunião do Conselho Político, feita no horário da minha audiência, e como ia conversar novamente com ele na quarta-feira, quando ia levar Jarbas Vasconcelos ao Palácio, não fui na terça – e não explicaram a ele que foi por causa disso.

PLAYBOY – Ele ficou agastado?

LYRA – Não, ele disse normalmente: '"Você então não veio à audiência ontem? O ministro não tem nada para despachar..." Num tom de brincadeira, não de repreensão. Não recebo repreensão nem de meu pai, principalmente em público. Fiquei quieto sobre o episódio porque sei engolir. Mas o que saiu publicado foi totalmente distorcido.

PLAYBOY – O senhor disse que muitas vezes recebia do doutor Tancredo missões do tipo "vá e resolva". Cite um exemplo.

LYRA – Na época da formação do ministério dele, havia uma luta interna muito grande na Bahia porque o doutor Tancredo queria fazer o Carlos Sant'Anna ministro da Saúde. Os dois candidatos eram ele e o [ex-

governador] Roberto Santos. Eu lutava muito por Sant'Anna, que é deputado: entre dois companheiros que tivessem força, em que pese apresentassem qualidades iguais, eu sempre optava junto ao doutor Tancredo por aquele com representação na Câmara dos Deputados, porque a gente precisava de apoio ali. Um dia o doutor Tancredo me chamou: "Olha, Lyra, vai ser o Sant'Anna, mesmo. Agora, encontre casualmente o Roberto Santos e comunique isso a ele". Eu disse: "Mas eu não tenho muita aproximação com o Roberto". E o doutor Tancredo: "É, mas encontre-o casualmente e dê a notícia". Eu dei.

PLAYBOY – E como foi que o senhor preparou o encontro casual?

LYRA – Eu sabia que o professor Roberto Santos iria ter uma entrevista com o doutor Tancredo no dia seguinte às 3 e meia da tarde, cheguei às 2 e meia no escritório do presidente e fiquei aguardando. Quando ele chegou, eu comecei a conversar e disse que estava com uma posição difícil de colocar, mas que o pleito da bancada era o Carlos Sant'Anna e ele, Roberto Santos, como líder do grupo [no PMDB baiano], deveria ser o primeiro a saber.

PLAYBOY – Essa foi, portanto, uma missão do tipo "vá e resolva". Para entendermos um pouco mais dos bastidores da formação da Nova República, qual seria um exemplo de situação em que o senhor, jogando no escuro com o doutor Tancredo, intuiu alguma dificuldade e aplainou o terreno para ele?

LYRA – Quando o doutor Tancredo viajou para a Europa, em janeiro do ano passado, já eleito, eu fui para o Rio imaginando os problemas que ele teria para a formação do ministério. E procurei algumas pessoas que eu sabia que ele iria convidar para o governo, mas cujo convite lhe traria problemas. Um deles foi Renato Archer [atual ministro da Ciência e Tecnologia]. Fui à casa de Renato por conta própria e, conversando com ele, perguntei:

"Você gostaria de ser ministro?" Ele disse: "Claro, estou à disposição do doutor Tancredo". Eu lhe disse que estava certo de que ele seria ministro, mas que não deveria insistir na pasta das Relações Exteriores, porque não ia ser. "Mas nunca disse que era candidato a ministro, muito menos das Relações Exteriores", respondeu o Renato.

PLAYBOY – O que foi que o senhor anteviu, no caso?

LYRA – Eu sabia que o doutor Tancredo reservaria a pasta para a Frente Liberal, certamente para o Olavo Setúbal.

PLAYBOY – Mas o doutor Tancredo tinha lhe falado isso?

LYRA – Não. Bem, fui no dia seguinte a São Paulo e disse a mesma coisa para o doutor Ulysses. Quando o doutor Tancredo voltou e me chamou para conversar sobre o Ministério, me falou: "Eu estou com um problema com o Renato. Vou aproveitá-lo, é um companheiro do Ulysses, mas não pode ser nas Relações Exteriores". Aí eu assegurei: "Ele aceita qualquer ministério". E o doutor Tancredo: "Ah, isso então me alivia muito".

PLAYBOY – O senhor aplainou o caminho no caso de alguma outra indicação para o atual ministério?

LYRA – Ele queria muito fazer o Waldir Pires [ministro da Previdência Social] ministro da Justiça. Mas dizia que tinha um problema: "É que eu queria talvez fazer o [Paulo] Brossard" [atual consultor-geral da República]. E aí dirigiu os maiores elogios ao Waldir. Eu lhe pedi para voltar ao assunto com ele no dia seguinte à noite, e fui ao Waldir: "Waldir, você é pole position" – usei até este termo. "O doutor Tancredo gosta muito de você. Só que acho que ser ministro da Justiça é difícil." O Waldir respondeu que nunca falara nisso – só havia dito que não queria voltar a ser consultor-geral [cargo que ocupou no governo João Goulart.] E eu: "Mas que

tal a Previdência, algo assim?" E o Waldir: "Eu estou à disposição". Aí voltei ao doutor Tancredo dizendo: "Olha, ele aceita a Previdência".

PLAYBOY – E como foi que o senhor ficou sabendo de sua própria nomeação? Como foi a conversa com o doutor Tancredo?

LYRA – Não houve. Quem me comunicou foi o doutor Ulysses. O doutor Tancredo, mesmo, nunca me disse nada.

PLAYBOY – Com toda essa sutileza que era característica do doutor Tancredo, quando foi que ele disse ou admitiu particularmente que a parada estava ganha?

LYRA – Nunca. Ele sempre queria ganhar mais um [voto].

PLAYBOY – E qual foi o último voto que ele lutou para conseguir?

LYRA – Nos últimos dias ele não precisava batalhar [risos], nós é que dizíamos a ele: "Mas esse não dá..." [Risos] Mesmo assim, todos eles votaram. Até o José Camargo [deputado malufista do PDS de São Paulo] votou no doutor Tancredo!

PLAYBOY – Indo para o outro extremo do nascimento da Nova República: e quando é que o senhor, depois da doença do presidente, chegou à conclusão de que ele não sobreviveria?

LYRA – Várias vezes. Houve idas e vindas. [Pausa] Eu alimentava muitas esperanças, mas eu nunca me vi – é uma coisa que até hoje eu não entendo – despachando com o doutor Tancredo.

PLAYBOY – Mesmo no dia 10 ou 11 de março?

LYRA – [Enfático] Nunca! Nunca me vi. É uma coisa que...

PLAYBOY – Quando se instalou no senhor a idéia de que ele ia mesmo morrer, como o senhor avaliou sua situação pessoal? Ficava no ministério, saía?...

LYRA – Passei três meses sem rumo. Totalmente perdido. Era minha proximidade com ele, os objetivos que tínhamos traçado... E eu que tinha falado no túmulo dele... Foi muito traumatizante. Até há bem pouco tempo eu não podia falar com algumas pessoas sobre isso porque não me controlava. Eu me lembro bem que, no dia da instalação da comissão da Constituinte, eu já ia sair de casa às 8 da manhã quando dona Risoleta ligou para mim, dizendo que era um dia muito especial, que aquilo era um sonho do doutor Tancredo, que ela estava muito feliz porque eu era muito fiel ao que ele pensou... Aí eu desliguei o telefone e fiquei 5 minutos chorando, sentado à mesa do café. E até hoje a família – Maria do Carmo, Inês Maria, Andréa – tem um carinho muito grande comigo.

PLAYBOY – O senhor deixou de fora o Aécio, neto do presidente, porque ele apoiou o candidato adversário do seu à Prefeitura do Recife?

LYRA – Não, não. Aquilo foi fruto da inexperiência do Aécio. Mas eu gosto muito dele, ele me ajudou muito naquelas primeiras horas sem o doutor Tancredo, e ajudou muito também o doutor Tancredo. Aecinho, aliás, foi quem me deu a primeira notícia sobre [minha nomeação para] o ministério. Eu estava na casa de um

amigo em Brasília, e ele me telefonou de Uberlândia: "Olha, você já está certo". Eu perguntei: "Para onde?" Ele disse: "Para a Casa, para a Casa". [Rindo] Ele imaginava que eu ia para a Casa Civil. Só havia duas vagas no ministério àquela altura, e eu pensei então que iria para a Casa Civil.

PLAYBOY – O senhor acabou mesmo no Ministério da Justiça. Ali, entre outras áreas, passou a controlar a Polícia Federal. Como foi a nomeação do diretor da Polícia Federal?

LYRA – Foi num domingo, quando fui obter do doutor Tancredo um retorno da minha indicação do José Paulo Pertence como procurador-geral da República. O doutor Tancredo confirmou: "O candidato é o seu". E dali a pouco ele me apresentou um cidadão: "Esse é um amigo meu, o coronel [Luís de Alencar] Araripe. Ele é o chefe da Polícia Federal. O seu chefe da Polícia Federal". E acrescentou: "Entendam-se". Na segunda-feira, eu conversei 3 horas com o coronel e não nos entendemos. Na segunda conversa, começamos a nos entender e assim estamos até hoje.

PLAYBOY – No caso da Polícia Federal, não parece condizer muito com a orientação liberalizante de seu ministério a instituição dessa carteirinha de informante, conforme foi noticiado.

LYRA – O coronel Araripe, quando falou comigo sobre isso, não... Não é carteirinha de informante. No fundo, tenho a impressão que o objetivo dela é mais de relações públicas. Não é para polícia.

PLAYBOY – Mas, ministro, como não estamos na Noruega ou na Suíça, sabemos que no Brasil uma carteirinha dessas não é propriamente de relações públicas, não?

LYRA – A tendência disso é ser eliminado brevemente. A tendência dessas coisas é essa.

PLAYBOY – Apesar de sua orientação à Polícia Federal para que se dedicasse mais à investigação e, entre outras coisas, não efetuasse prisões em movimentos reivindicatórios, o senhor acha que a Nova República

chegou a ela?

LYRA – Não. Não chegou ainda.

PLAYBOY – E por quê?

LYRA – Pelas próprias circunstâncias do modo como a Polícia Federal surgiu. Até hoje não houve condições para uma profunda reformulação.

PLAYBOY – O senhor vai então sair do ministério deixando essa herança para o seu sucessor?

LYRA – Isso posso dizer que é um saldo negativo meu. Embora eu confie no coronel Araripe, não houve mudanças. Houve mudanças de métodos – eu consegui dar orientação nesse sentido – mas não houve uma penetração na Polícia Federal ainda como deveria ter havido. Como não houve no SNI.

PLAYBOY – E em outra área sensível do Ministério – a Censura? O senhor certamente não pretende deixar as alterações na Censura como herança inacabada...

LYRA – Acho que no mês que vem já chegam ao Congresso a reformulação completa da Censura e mais as novas leis de Segurança Nacional e de Imprensa.

PLAYBOY – No caso da Censura, a realidade brasileira é Caruaru ou Ipanema? Como isso será resolvido?

LYRA – Só tem uma saída: a classificação por idade. Porque na televisão, que é minha maior preocupação, não tem como fazer diferente. É um ônus que a gente paga pela centralização da geração da imagem. O resto é fácil.

PLAYBOY – Como assim?

LYRA – Eu acho que, como orientação geral, o resto tem que ser tudo liberado. Porque há a classificação por idade e a questão da opção – vai quem quer. Com exceção do problema do tóxico, da indução ao consumo. Aí se tem que ser firme, e nesses casos se vai pela lei dos entorpecentes, que é bem nítida e clara: não pode. Mas eu estou tentando ver se dá, no caso da televisão, para criar instrumentos de forma a que a sociedade mesma

possa decidir o que quer ver em casa. Isso não é para deliberação do Estado. Não dá para passar *O último tango em Paris* às 11 e meia da noite e o Estado impedir que uma criança de 9 anos assista. Estamos ouvindo diversos setores para ver se chegamos a uma conclusão. Ficar a decisão só com o Estado é um perigo.

PLAYBOY — É a censura política?

LYRA — Esta acabou desde o dia 15 de março de 1985.

PLAYBOY — Com relação à censura de costumes, que tipo de pressões o senhor tem recebido?

LYRA — Tem coisas incríveis. A gente recebe pressões de todos os lados. Outro dia uma jornalista que escreveu uma matéria enorme condenando a Censura Federal no tocante a *Roque Santeiro* me pediu, particularmente, para tomar cuidado com os Trapalhões, que, segundo ela, usam um gênero infantil e jogam pornografia lá dentro. Dos conservadores recebo muitas cartas contra a "liberalidade". Outro dia também reclamaram de umas publicidades que estão passando na televisão — um assunto para ser decidido pelas próprias agências, reunidas no Conar [Conselho Nacional de Auto-Regulamentação Publicitária]. É assim.

PLAYBOY — E em sua casa, a sua mulher, por exemplo, concorda com a nova posição sobre censura?

LYRA — Ela não reclama. Agora, a minha filha Renata, a do meio, que tem 14 anos e vai fazer 15 e assiste muito à televisão, reclama — mas da existência de censura. Reclama muito. Diz que existe censura em uns canais e em outros não, e acha que não tem sentido ter censura. A opinião, lá em casa, é liberalizante.

PLAYBOY — E qual é a opinião dos eleitores do deputado Fernando Lyra, lá em Caruaru?

LYRA — Nenhuma reclamação.

PLAYBOY – Já que o senhor tocou em Roque Santeiro, como foi sua participação na novela, mandando restabelecer o beijo que a personagem Lulu, que é casada, dava em Ronaldo César?

LYRA – Eu estava fora – eu não estou acompanhando a novela porque eu não posso –, tinha viajado aos Estados Unidos. Na volta, o beijo tinha sido cortado por um censor, com o concerto de mais quatro censoras. A atual lei de censura dá ao censor de plantão poder absoluto, mas a orientação prévia que eu tinha dado era não utilizar esta lei. Eu mandei reconsiderar.

PLAYBOY – Com base em que iniciativa? O autor da novela, Dias Gomes, falou com o senhor?

LYRA – Não, o Dias Gomes falou com o Coriolano [Cabral Fagundes, diretor da Divisão de Censura de Diversões Públicas da Polícia Federal, que também estava ausente na ocasião]. Aí eu chamei e mandei fazer.

PLAYBOY – Como o senhor tomou conhecimento do caso?

LYRA – Pela imprensa.

PLAYBOY – Como a cena em que o beijo deveria entrar já havia passado, a Globo colocou-a no ar como um flash-back. O senhor chegou a ver o beijo?

LYRA – Vi casualmente, no Jornal da Globo, depois que foi liberado.

PLAYBOY – Então o senhor mandou liberar sem ver?

LYRA – Mandei. E quando o Dias Gomes falou com o Coriolano, eu já tinha tomado a decisão.

PLAYBOY – E no caso do filme de Jean-Luc Godard, *Je Vous Salue, Marie*, que acabou gerando uma onda de protestos por não ter sido exibido no recente FestRio, qual foi sua participação?

LYRA – [Rindo] Tem aquela história que diz: "Não nego nada".

PLAYBOY – A Igreja fez uma grande pressão. O senhor foi procurado por pessoas da Igreja?

LYRA – Não. Eu soube que dom Eugênio [Salles, cardeal-arcebispo do Rio de Janeiro] estava muito preocupado com isso e telefonei para ele. A Igreja não nega as

pressões que fez: fez publicamente. O papel do Ministério da Justiça foi promover a negociação entre as duas partes envolvidas. A CNBB [Conferência Nacional dos Bispos do Brasil] protestou, a empresa exibidora foi sensível aos protestos, disse que não iria entregar o filme para o festival, e ponto final. É preciso deixar de pensar que quem resolve tudo neste país são o Estado e o governo.

PLAYBOY – Que orientação o senhor dará ao chefe da Censura quando ele lhe telefonar e comunicar que *Vous Salue* está lá?

LYRA – Eu prefiro que não chegue [sorrindo]. Mas, em relação à Censura, se comparado o quadro atual com dona Solange [Hernández, ex-chefe da Censura no governo Figueiredo], a diferença é brutal. E sem ter mudado a lei ainda!

PLAYBOY – Essa postura liberalizante do ministério em diversas questões, como a da censura, poderá vir a incluir num futuro previsível as drogas que alguns consideram "leves", como a maconha?

LYRA – Não, não há nenhum estudo nesse sentido.

PLAYBOY – O senhor é contra?

LYRA – Sou contra.

PLAYBOY – O senhor teve alguma experiência com drogas quando jovem?

LYRA – Nunca.

PLAYBOY – E na sua família? Filhas, sobrinhos?

LYRA – Que eu conheça, ninguém.

PLAYBOY – O senhor discute muito essa questão com suas filhas?

LYRA – Converso muito sobre isso sobretudo com minha menina mais velha, Patrícia. Minhas filhas nunca me deram esse tipo de preocupação. A mais velha mesma foi para os Estados Unidos e na volta me falou que os colegas dela fumavam, mas que ela nunca fumou.

PLAYBOY – Seria fruto da educação da família Lyra?

LYRA – Não sei. Eu me considero nesse aspecto um felizardo, porque tenho amigos que educaram os filhos bem, como eu imagino que educo as minhas, e tiveram problema de droga. É um problema muito grave.

PLAYBOY – Drogas chamadas "leves", então, não. E a eterna reivindicação feminista de liberalizar os casos de aborto, estaria na pauta da Nova República?

LYRA – Isso aí não tem consenso na sociedade. É setorial mesmo. Só um segmento da sociedade é que admite.

PLAYBOY – Para encerrar a entrevista: é a primeira vez que um ministro da Justiça fala a *Playboy* na história da revista. Que significado o senhor vê nisso?

LYRA – É uma prova de que mudou muita coisa, e não foi *Playboy* que mudou [risos].

O QUE FALTA FAZER PARA COMPLETAR-SE A TRANSIÇÃO DEMOCRÁTICA

O processo da transição democrática foi uma costura lenta e difícil. Desde o tempo da nossa atuação no Grupo Autêntico do MDB. Portanto, uma conquista passo a passo que somente senti como irreversível com algumas mudanças práticas indispensáveis que foram: a eleição de prefeitos das capitais, em 1986, a convocação da Assembléia Nacional Constituinte e a extinção da sublegenda, coisas que eram simbólicas do regime eleitoral-ditatorial, somadas ao enfraquecimento intrínseco do regime que levou praticamente ao desaparecimento de suas lideranças, a consciência dos meios de comunicação de massa. Tudo foi tomando um rumo tal que a partir de certo momento, era impossível ou muito difícil um retrocesso.

Mas a consolidação da transição democrática, em 1985, se deu, além do óbvio cansaço do regime militar, também por causa das condições favoráveis do ambiente internacional. Havia uma tendência que os principais países apoiavam, de se encerrar o ciclo ditatorial na América Latina.

Não creio que seja possível estabelecer-se uma composição efetiva, ou melhor, uma aproximação da transição democrática brasileira com outras que se deram no mundo, entre as décadas de 70 e 80, porque a nossa ditadura tinha várias coisas especiais, entre elas a rotatividade. Era um regime ditatorial, mas eleitoral. Tudo feito para manter a aparência de democracia, num regime ditatorial. Uma democracia armada, militarizada. Tivemos essa ironia.

VIVER O DIA DE HOJE

Desde 1978, com o episódio do infarto que culminou com a minha primeira cirurgia cardíaca, em junho do mesmo ano nos Estados Unidos, que adotei como lema meu, de Márcia e das meni-

nas (Patrícia, Renata e Juliana) viver o dia de hoje, se possível intensamente. Daí partir a nossa decisão de transferir as meninas de Brasília para o Recife, no segundo semestre, em fase de campanha eleitoral, arriscando um período de dificuldades de adaptação na escola. Era sempre mais vantajoso estarmos todos juntos e isso fez também com que elas não perdessem o vínculo com o Recife.

Então, Juliana tinha quinze anos, idade em que resolveu me comunicar a sua vontade de morar no Recife. E qual não foi a surpresa dela quando eu disse: "Não, você é muito nova, deixe pra quando completar dezoito anos... Na mesma hora ela me respondeu com uma pergunta: "E agora mudou de lema, foi? E se não der para eu chegar aos dezoito anos?" Resultado: Juliana veio para o Recife.

Em tese nunca tive projeto pessoal. Sempre entendi que é melhor alimentar sonhos, pois projeto não realizado é sempre motivo de frustração. Toda a minha vida foi pautada em viver o hoje. Claro que dentro das circunstâncias. Está justificado porque comecei o primário em Caruaru, depois segui para Garanhuns, acompanhando o meu pai, na época se restabelecendo de febre tifóide, que o deixara quarenta dias num isolamento, no Hospital Português do Recife. Regressei a Caruaru e, em seguida, fui matriculado no internato do Colégio Salesiano, ainda no Recife, onde cursei o ginasial. Terminei o ginásio no Colégio Osvaldo Cruz. O curso técnico foi cumprido parte em Caruaru, no Colégio Diocesano, e parte no Recife. Passei dois anos no CPOR e integrei a primeira turma da Faculdade de Direito de Caruaru, lá tendo me formado. Quando fazia direito, praticamente no meio do curso, viajei ao Rio de Janeiro e na oportunidade me inscrevi no Curso de Administração Municipal, promovido pela Fundação Getúlio Vargas, onde passei um ano inteiro.

Aprendi a construir, no dia-a-dia, um dia diferente do outro, cada dia um dia especial e único. Uma ação necessariamente transformava outra, traço impeditivo de rotinas e planejamentos a longo prazo, e assim a minha estrada foi construída sem mapas, nem guias, nem calendários.

Índice onomástico

A
Abi-Ackel, Ibrahim, 142, 169, 275
Abreu, João Leitão de, 141, 146, 154, 175, 179
Achille, Lauro, 275
Afonso Filho, Severino, 72
Alencar Furtado, 87, 88
Alves, Henrique, 78, 167
Andrade, Joaquim Pedro de, 31
Andreazza, Mário, 96, 138, 146, 145, 175
Aparecido, José, 179
Aquino, Heitor de, 175
Archer, Renato, 283
Arena, 15, 19, 41, 49, 70, 80, 81, 84, 90, 175, 206, 233
Arraes, Ana, 177
Arraes, Miguel 41, 42, 49, 164, 165, 183, 188, 214, 215, 234, 237, 243, 248
Azeredo, Renato, 98
Azevedo, Sizenando Guilherme de, 69

B
Barbosa Lima Sobrinho, Alexandre José, 30, 83, 84
Barbosa, Rui, 16
Bardawil, José Carlos, 78, 81, 131
Bardella, Cláudio, 145
Barros, Adhemar de, 42
Batista, Nilo, 30
Beltrão, Hélio, 139
Bernardes, Artur, 16
Betto, Frei, 181, 183
Bione, José, 68
Bracarense, Otto, 23
Brandão, Luciano, 171
Brandão Monteiro, 217, 218
Brandt, Vera, 185
Brasil, Rose, 181
Braz, Wenceslau, 16
Britto, Antonio, 183
Brizola, Leonel 21, 49, 92, 94, 109, 161, 209, 217, 218, 219, 220, 237
Brossard, Paulo, 127, 129
Buarque, Cristovam, 40, 178, 194
Buarque de Holanda, Chico, 31, 212
Buzaid, Alfredo, 77

C
Caiado, Ronaldo, 236
Campos, Eduardo, 224, 228, 229, 234, 235
Campos, Geminiano, 68
Campos, Milton, 17
Cantanhêde, Eliane, 213
Cardoso, Fernando Henrique, 109, 129, 171, 172, 179, 213
Carneiro, Nélson, 84
Carneiro, Newton, 71
Carolina, Ana, 31
Castelo Branco, Carlos, 183
Castelo Branco, Humberto, 18, 173
Castelo Branco, José Hugo, 179
Cavalcanti Filho, José Paulo, 40, 194
Cavalcanti, Paulo, 73, 74
Cerqueira, Marcelo, 40, 43, 232
Chagas, Carlos, 123, 183
Chaves, Antônio Aureliano, 63, 138, 164, 189
Christo, Carlos Alberto Libânio, *(ver Betto, frei)* 181, 183
Coelho, Nilo, 91, 175
Collor de Mello, Fernando Affonso, 217, 219, 225
Condé, João, 71
Cordeiro de Farias, Osvaldo 68

Cordeiro Guerra, 166, 167
Cordeiro, Albérico, 107
Costa Cavalcanti, José, 139, 147
Costa e Silva, Aluízio da, 185
Costa, Terezinha Martins, 31
Cotta, Carlos, 182
Coutinho, Joaquim, 78
Covas, Mário, 74, 172, 216, 219, 220

D

Dalla, Moacyr, 166, 167, 170
Delfim Netto, Antônio, 133, 140, 143, 146
Dias Gomes, 31
Dias, Etevaldo, 167
Dias, Getúlio, 178
Dornelles, Francisco, 179, 180, 189

E

Ermírio de Moraes, Antônio, 145
Ermírio de Moraes, José, 72
Eudes, José, 149

F

Falcão, Joaquim de Arruda, 40, 194, 195
Faria Lima, 78 (*deputado*), 99 (*almirante*)
Farias, Roberto, 31
Fernandes, Edgar Moury, 71
Fernandes, Hélio, 212
Fernandes, Millôr, 212
Ferraz, Jorge, 20
Fiel Filho, Manuel, 15
Figueiredo, João Baptista 22, 134, 138, 146, 148, 152, 161, 164, 171, 172, 175, 179
Flecha de Lima, Paulo Tarso, 123
Flecha, José, 129
Fonseca, Hermes da, 16
Fonseca, Rubem, 31
Franco, Afonso Arinos de Melo, 31, 179, 220
Franco, Itamar, 98
Freire, Marcos, 83, 84, 92, 214

Freire, Roberto, 217
Freitas Nobre, 178
Frota, Sílvio, 15
Funaro, Dilson, 189, 224

G

Gabeira, Fernando, 193
Garcia, Jerônimo, 78
Gaspari, Elio, 167
Gatto, Marcelo, 87
Geisel, Ernesto 15, 41, 83-85
Gil, Gilberto, 219
Godard, Jean-Luc, 192
Golbery, do Couto e Silva, 41, 175
Gonçalves, Leônidas Pires, 179, 209
Gonzaga Mota, Antonio, 220
González, Felipe, 236
Goulart, João, 16 (*presidente*), 71 (*o Jango*), 185, 237
Guerra, Paulo, 175
Guimarães, Ulysses, 24, 83-85, 97, 98, 101, 114, 127, 129, 141, 148, 149, 151. 154, 155, 158, 164, 171, 172, 179, 185-189, 214, 216, 218, 284
Gusmão, Roberto, 172, 194

H

Herzog, Vladimir, 15, 86
Hirszman Leon, 31
Houaiss, Antônio, 31, 212
Humberto, Cláudio Rosa e Silva, 188

J

Jardim de Mattos, Délio, 143

K

Kertész, Mário, 218
Kubitschek de Oliveira, Juscelino, 69, 71, 93, 237

L

Lacerda, Carlos, 42, 71, 78
Langoni, Carlos, 144
Lavor, Mansueto de, 107, 215
Lima, Egídio Ferreira, 70, 73

Lima, Francisco Negão de, 17
Lima, João Ferreira, 70
Lincoln, Abraham, 25
Lins e Silva, Evandro, 30
Louzeiro, José, 31
Loyola Brandão, Ignácio de, 31
Lucena, Humberto, 127, 129
Ludwig, Rubem, 142
Lula da Silva, Luiz Inácio 219
Lyra Filho, João, 68, 69, 100
Lyra, Márcia, 37, 74, 178, 221, 223

M
Maciel, Lysâneas, 76, 87
Maciel, Marco Antônio, 49, 78, 175, 189
Maciel, Olegário, 17
Magalhães Pinto, José, 93, 96, 113
Magalhães, Antônio Carlos, 142
Magalhães Melo, Roberto, 92, 220
Maluf, Paulo 96, 166, 175
Mangabeira, Otávio, 78
Marchezan, Nelson, 63, 141, 171
Marcílio, Flávio, 113, 127
Marinho, Josaphat, 74, 85
Marinho, Roberto, 221
Mariz, Antônio, 78
Matos, Délio Jardim de, 166
Medeiros, Marcelo, 78
Medeiros, Octávio de, 137
Médici, Emílio Garrastazu, 146, 158
Medina, Rubem, 78
Mendes, Bete, 149, 209
Mendes, Chico, 31
Mendes, Ivan de Souza, 179
Mendonça, Fernando, 177
Mesquita, Fernando César, 180
Monforte, Carlos, 36, 101
Montoro, André Franco, 21-23, 92, 94, 98, 172
Moraes Filho, Antônio Evaristo de, 30
Moreira Alves, Márcio, 86
Moreira Lima, Rui Barbosa,166
Moreira Salles, Walter, 99
Mourão Filho, Olympio, 173
Müller, Amaury, 87, 178

Muricy, Antonio Carlos 67
Murilo, Sérgio, 99, 214

N
Nabuco, Joaquim 226
Nader, Ana Beatriz, 83
Natel, Laudo, 175
Neves, Aécio, 178, 184, 228, 229
Noblat, Ricardo, 177
Nóbrega, Mailson da, 225

P
Paes de Andrade, 82
Paiva, Eunice 77
Paiva, Rubens, 76
Paranaguá, Evandro (jornalista), 75
Passarinho, Jarbas, 175, 176
Passos, Oscar, 72
Pedroso Horta, Oscar, 76, 77
Peixoto, Amaral, 84
Pereira Filho, Merval, 151
Pimenta da Veiga, João, 129, 183
Pinheiro Machado, 16
Pinho Alves, Geraldo, 71
Pinochet, Augusto, 87
Pinto, Francisco (Chico), 76, 82, 87, 165
Pires, Alexandre, 185
Pires, Walter, 166, 167, 218
Portela, Petrônio, 175
Prestes, Luís Carlos, 68, 237

Q
Quadros, Jânio, 70, 79, 225
Queiroz, José, 121

R
Ramalho, Thales, 98
Reale Jr., Miguel, 185
Rei Juan Carlos, 45
Renaud Matos, 178
Ribeiro, Darcy, 209, 212
Ribeiro, Nina, 78
Richa, José, 23, 92, 94
Ricupero, Rubens, 185
Rocha, Pinheiro da, 179

Rodrigues, Celso, 177
Rosseti, Nadyr, 87
Rossi, Clóvis, 213
Rotti, René Ariel, 30

S
Sampaio, Dorany 215
Sampaio, Cid, 69, 91
Sant'Anna, Carlos, 283
Santa Cruz, Rosalina, 77
Santayana, Mauro, 26
Santos, Homero, 188
Santos, Murilo, 166
Santos, Roberto, 283
Sarney, José 49, 51, 142, 179, 180, 182, 183, 186-188, 190, 198, 213, 224, 225, 227
Sarney, Marly, 215
Sarney, Roseana, 213, 215
Sepúlveda Pertence, 185
Serra, José, 22, 62
Setti, Ricardo Augusto, 188
Simon, Pedro, 75, 96, 187, 188, 189
Simonsen, Mário Henrique, 144
Soares, Airton, 149
Soares, Mário, 127, 179
Sobrinho, Fabiano, 87
Souza, Pompeu de, 31
Suassuna, Ariano Dantas, 32

T
Tavares Correia, Cristina, 107, 177
Távora, Lamartine, 69
Teixeira, José, 74

V
Vargas, Getúlio Dorneles, 16, 17, 61, 93, 165
Vargas, Ivete, 145
Vasconcelos de Andrade, Jarbas, 72, 74, 76, 177, 214
Venturini, Danilo, 170
Viana, Zelito, 31
Vianna Filho, Luiz, 93
Vieira de Melo, 78
Villas-Bôas Corrêa, 213

W
Washington Luís, 16
Welbrec, Jorge, 127
Wilson, Carlos, 188
Wilson, José, 165

Z
Zaverucha, Jorge, 190
Ziraldo, Alves Pinto, 31

Fernando Lyra
e a presença marcante do
seu pai, João Lyra Filho,
que aparece nas próximas três fotos.

DAQUILO QUE EU SEI
TANCREDO E A TRANSIÇÃO DEMOCRÁTICA

ILUMI//URAS